ギンイチ消防士・
神谷夏美

鋼《はがね》の絆《きずな》

五十嵐貴久

Igarashi Takahisa

祥伝社

鋼《はがね》の絆《きずな》

目次

装丁 泉沢光雄
装画 草野 碧

北上次郎氏に捧ぐ

プロローグ

「村田《むらた》！　鹿島《かしま》！　どこだ！」

神谷誠一郎《かみやせいいちろう》は素早く左右に目をやった。四方を炎に囲まれている。銀座並木《ぎんざなみき》通りの雑居ビル六階フロア。防火服の上から、熱が肌を焦《こ》がしていた。

火災発生の通報があったのは三十分前、夜九時十七分だった。先発して火元の六階に突入した村田小隊から、火勢《かせい》は小さいと無線連絡が入った。

神谷小隊を含め、二十人ほどの消防士がビルの外から消火と避難誘導に当たっていたが、四分前、村田小隊の副士長、大迫《おおさこ》から救援要請が入った。

火災は六階通路の奥にあるスナックで起きていたが、突然、隣のカラオケバーが爆発炎上、人命検索に向かっていた鹿島が無線に応答しないため、小隊長の村田自らが救出のため炎に飛び込んでいったという。

その時点で、神谷は野々山《ののやま》士長他二名とワンフロア下の五階にいた。六階へ上がると、そこは火の海だった。

フロアで放水していた大迫に、どうなってる、と神谷は無線で聞いた。面体《めんたい》越しに見える大迫の顔が色を失っていた。

「フロア内に小さな店が七つ入っていますが、五軒の客や従業員は避難しました」大迫が現状報告を始めた。「ですが、奥のスナックと隣のカラオケバーは確認が取れず、村田司令がスナック、鹿島士長がカラオケバーに向かったところ――」

爆発したんだな、と神谷は無線のボリュームを上げた。そうです、と大迫がうなずいた。

「カラオケバー内のキッチンでガス爆発が起きたと思われます。村田司令が鹿島士長の救出に向かい、自分と大田原《おおたわら》は援護を命じられました。甘く見ていたわけではありませんが、これほど急速に炎が広がるとは――」

雑居ビル、と神谷は奥歯を強く嚙《か》んだ。広いとは言えないフロアに、七軒の店が軒《のき》を連ねている。

ほとんどがスナックかバーで、調理のためのキッチンを設置している店が多い。それが雑居ビルの特徴だ。

概《がい》して、店のオーナーは防災意識が低い。消防の巡回点検で再三注意されても、改善しますと答えるだけで、九割方は何もしないままだ。キッチンのガス管に罅《ひび》が入っていても、気づきさえしないだろう。

最奥部のスナックで発生した火災の熱が隣のカラオケバーに流れ込み、老朽化していたガス管を焼いた。漏《も》れ出したガスが狭い空間に溜《た》まり、引火による爆発が起きた。

炎の連鎖は続き、他の店からも出火が始まった。六階フロアが火の海になっているのはそのためだ。

火元の店が初期対応を誤ると、雑居ビル火災はフロア全体、場合によってはビルの全焼にも繋《つな》がりかねない。消防士にとって最悪の火災だ。

神谷は大迫ともう一人の消防士を臨時に自分の指揮下に置き、上がってきた自分の小隊の二人とともに集中放水を命じた。炎の海に道を作らなければ、進むことはできない。

第一出場から第二出場に切り替える、と神谷は無線で指示した。

「中央《ちゆうおう》区内全消防署に応援を至急要請。ただし、ビル内通路は狭く、消防士の展開は不可。外部からの放水で延焼を防げ。要救二名、救急車を待機させろ。今から要救の救助に向かう」

了解、と返事があった。神谷は野々山に合図して、大迫たちの放水で火勢が衰《おとろ》えた通路を突っ切り、カラオケバーに飛び込んだ。そこは炎の地獄だった。

渦《うず》を巻いた炎が襲いかかってくる。敵意、悪意、憎悪。炎の凄《すさ》まじい負の感情に、神谷は強く拳《こぶし》を握った。

「野々山、天井に注意。ガスが天井裏に溜まっているはずだ。引火したら、一発で焼け落ちるぞ」

グローブをはめた手でOKサインを出した野々山がホースを天井に向けた。悲鳴のような音が広がり、僅《わず》かに炎が小さくなっていく。

カラオケバーの構造はわかっていた。テーブル席が四つ、カウンターが六席、決して大きいとは言えない。

だが、煙の勢いは凄まじく、ヘッドライトを向けても何も見えなかった。築四十年、と神谷はつぶやいた。

テーブル、椅子《いす》、ソファ、カーテンなど建材はすべて可燃性だろう。銀座の古いビルはほとんどがそうだ。

火事など起きない、と誰もが思っている。非常階段にも段ボール箱やビールケースが積み上げられていた。そのために人が死ぬとわからないのか。

誰か、というかすかな声がした。どこだ、と叫び返した神谷の前で、轟々《ごうごう》と燃え盛る炎の音が鳴り、声が聞こえなくなった。ホースを左右に振ると、煙の幕が僅かに切れた。

カラオケバーのカウンターの中で、面体を血で染めた村田が鹿島を背負い、立ち上がろうとしていた。援護、と叫ぶと、野々山がノズルを全開にした。

高圧放水によって、一時的に火勢が鎮《しず》まった。神谷はカウンターを乗り越え、村田に肩を貸した。

自分は大丈夫です、と村田が頭を振った。右腕がだらりと垂《た》れ下がっている。肩を脱臼《だっきゅう》したのだろう。

「鹿島は無事か？」

爆風の直撃を受けて転倒、頭を打ち、意識を失っています、と村田が言った。

「自分も似たようなものです。炎を避けるため、カウンター内に退避、インパルスで火を消し、脱出を図りましたが、タンクが空《から》になって……危ないところでした」

携行放水器、インパルスは、高圧空気と共に水を発射する。ホースがなくても消火が可能になる利点があるが、タンクの水量が少ないため、使用時間が短いのが弱点だ。

水が出ません、と背後で野々山がホースを振った。一気に高圧を掛けたため、消火栓の水が出なくなったのだろう。

インパルスを使えと指示して、神谷は無線に手を掛けた。

「こちら神谷。現在地六階フロア。消防士二名が負傷、一人は意識不明。消火栓の水が来ない。大至急応援を求む」

返事を聞く前に、退避だ、と神谷は鹿島を背負った。

「村田、こいつは俺に任せろ。先に出て、野々山と援護を頼む。そのまま四階まで降りる。通路は火の海だが、俺とお前なら何とかなる」

「司令長、一人では無理です」村田が左手で神谷の右腕を摑《つか》んだ。「鹿島は意識を失っています。カウンターは一メートルほどですが、背負ったまま越えることはできません。自分も――」

早く行け、と神谷は村田の手を払った。村田のグローブが破れ、親指の付け根から血が滴《したた》り落ちていた。

右腕は使えないだろう。このままでは共倒れになりかねない。

「お前は要救助者だ。命令に従え。急げ！」

村田がカウンターを乗り越え、野々山がインパルス放水を始めた。鹿島、と神谷は怒鳴《どな》った。

「目を開けろ！　こんなところで死にたいか？」

答えはなかった。戻るぞ、と神谷は鹿島の体を背負い直した。体重は約七十キロ、防火服を含め装備が約三十キロ、合わせて約百キロだ。

カウンターに鹿島の体を持ち上げた時、頭上からきしむような音が聞こえた。何も考えないまま、神谷は鹿島の上に覆《おお》いかぶさった。

一秒も経《た》たないうちに天井が割れ、鉄骨が降ってきた。両肘《ひじ》、両膝をカウンターにつき、神谷は体勢を崩さなかった。鹿島を守らなければならない。

「神谷司令長！」

村田と野々山の叫び声が炎の音と重なり、駆け寄った二人が鹿島の体を引きずり出した。

それが限界だった。神谷はそのままカウンターに崩れ落ちた。

体が動かない。背中に数本の鉄骨が刺さっているのがわかった。

面体を外した神谷の鼻に、肉の焼ける臭いがねじ込まれた。自分の足が焼ける臭いだ。

「村田、鹿島を頼む。三人で退避しろ。今すぐにだ」

できません、と野々山が手を伸ばした。

「司令長、必ず助けます。村田司令と自分で――」

退避だ、と神谷が首を振った。

「天井を見ろ。亀裂が通路まで伸びている。時間がない。命令だ、大至急退避！」

四方から炎が迫ってくる。ガラスが次々に割れ、破片が飛び散った。凄まじい熱気に息が詰まり、呼吸ができない。

「司令長！」

騒ぐな、と神谷は苦笑を浮かべた。どんな現場でも油断してはならない。その鉄則を守れなかった自分の責任だ。

鹿島を助ける自信があった。だが、あれは過信だった。

「急げ、一刻の猶予《ゆうよ》もない。四階まで降り、小金沢《こがねざわ》小隊、梶川《かじかわ》小隊と連携して六階フロアの消火に当たれ。被害を最小限にくい止めろ。それが消防士の任務だ」

凄まじい轟音《ごうおん》と共に天井が崩落し、鉄骨の雨が降ってきた。鹿島を両脇から支えた村田と野々山の姿が見えなくなった。

それでいい、と神谷はうなずいた。最後に見たのは襲いかかってくる炎だった。

＊　＊　＊

暗闇の中、夏美《なつみ》は目を開けた。パジャマ代わりのTシャツが、汗でぐっしょりと濡《ぬ》れていた。

父の顔が脳裏《のうり》を過《よぎ》り、口に両手を当てた。ベッドを降り、キッチンのシンクに駆け寄ったが、間に合わずに黄色い胃液が床にこぼれた。

父、神谷誠一郎が火災現場で殉職《じゅんしょく》したのは五年前、大学二年の冬だった。電話越しに聞こえた母の嗚咽《おえつ》を、今も夏美は覚えている。

誰よりも優秀なファイヤーファイター。伝説の消防士。

消防庁長官表彰特別功労章、消防庁長官表彰功労章、消防庁長官表彰顕功章《けんこう》、消防庁長官表彰国際協力功労章。表彰記章は数え切れない。

勇敢《ゆうかん》でありながら慎重という矛盾した性格を合わせ持つ父は、危機回避のプロフェッショナルだ。信じられなかったが、不運が父の背中を押し、奈落に落としたのだろう。

子供の頃から、父を誇りに思っていた。顔も名前も知らない誰かのため、果敢に火災現場へ飛び込み、人々の命を守る消防士という仕事に憧《あこが》れがあった。

だが、中学を卒業する頃になると、他人のために自分の命を犠牲にする仕事だとわかり、憧れより怯《おび》えの方が大きくなった。

交替勤務の当番日は、いつも眠れなかった。真夜中でも火災が起きれば、父は炎に戦いを挑む。

いつか滅《ほろ》びの日が来る、という予感があった。無事に帰宅することだけを願い、祈り続ける家族の気持ちは、誰にもわからない。

その後、消防という組織の実態を知るようになった。完全な男性社会で、消防士として現場に出る女性は全国でもほんのひと握りだ。身長百六十一センチ、体重四十九キロの夏美に務まる仕事ではない。

子供の夢や憧れを捨てるのは難しくなかった。私立大学の文学部に進み、家を出て一人暮らしを始めたのは、父の無事を祈る日々に疲れていたためかもしれない。

母からの電話を受け、実家に戻ると、銀座西消防署署長の大沢《おおさわ》が待っていた。親友の死をその妻と娘に伝えるのが、自分の義務だと考えたのだろう。

大沢と共に救急病院へ向かった。医師や看護師の制止を振り切り、横たわる父の遺体を見た。真っ黒に焦げ、炭化していたそれは人間の形をしていなかった。

あの日から、すべてが変わった。教員免許を取り、中学校の英語教師になるはずだったが、消防士を目指した。

父を殺した炎への憎悪が夏美を突き動かし、大学四年の時に消防士採用試験を受け、卒業と同時に東京消防庁に入庁した。

配属先は八王子《はちおうじ》の外れにある小さな消防署で、希望通り消防士として勤務に就《つ》いたが、三年の間に火災現場へ出場したのは十回に満たない。

すべて小火《ぼや》だったが、偶然ではなかった。農地が多く、火事が起きても延焼しにくい地域だったためだ。

想像していた以上に、消防士は苛酷《かこく》な仕事だった。男性より体力が劣《おと》る女性には不向きで、小火を消すのがやっとだ。

炎への憎悪も、復讐心《ふくしゅう》も、いつの間にか消えていた。それでも筒先を離さなかったのは、父への鎮魂のつもりだった。

一週間前、突然辞令が出た。その日から、毎晩父の夢を見るようになった。

その場にいたわけでもないのに、父の最期と無念が伝わってくる。それは悪夢そのものだった。

冷蔵庫を開け、ペットボトルの水を手に、夏美はテーブルに座った。向かいの壁に、一枚の紙がピンで留められていた。

『辞令　神谷夏美消防士

二月一日付で銀座第一消防署への異動を命ず

八王子第七消防署署長　棚橋政文《たなはしまさふみ》』

ため息が漏れた。何度読んでも、文面は同じだった。

fire 1　銀座第一消防署

1

お断わりします、と村田大輔《だいすけ》消防司令長が足を組んだまま口を開いた。まただ、と柳《やなぎ》雅代《まさよ》消防司令補は眼鏡《めがね》を外し、眉間を指で押さえた。

何を言ってる、と警防部次長の吉長《よしなが》がうんざりしたように顔をしかめた。

「君の立場で断われるわけないだろう。ギンイチに併設されている消防学校の校長は大沢署長だが、実質的な責任者は副校長の君だ。それはここにいる全員がわかっている」

雅代は大会議室を見回した。大沢署長以下、各部の消防監、消防司令長、消防司令、消防司令補クラスが顔を揃《そろ》えている。

村田は消防司令長で、消防正監の大沢より階級で二つ下、各部の部長、次長は一階級上の消防監だ。消防は階級がすべての組織で、上長の命令には従うしかない。

にもかかわらず、村田が足を組んでいることに、雅代は驚き、呆《あき》れてもいた。警察、自衛隊と並ぶ階級社会の消防において、下級者が取る態度ではない。

常識はある男だ。悪意もない。ただ、消防士としての能力に、強い自信を持っている。吉長の苦言など、意にも介していないのだろう。

不遜《ふそん》としか言いようのない態度は、総務省消防庁から出向している吉長が火災現場に出場しないためだ。ギンイチ五百人の消防士から〝魔王〟と呼ばれ、畏怖《いふ》の対象となっている男。それが村田だった。

「吉長次長、ギンイチは日本最大の消防署で、どこよりも優秀な消防士が揃っています」

当然だ、と吉長が胸を張った。

「君に言われるまでもない。ギンイチは他の消防署と違う。本来、消防署は各自治体の管轄下にあるが、ギンイチだけは総務省消防庁と東京消防庁が合同で管理している。数十年以内に起きると予測される首都圏直下型大地震に備えて設立されたメガ消防署だから、全国の消防署から優秀な人材を集めることができた」

マニュアル通りのお答えです、と村田が手を二回叩《たた》いた。他人を怒らせる能力で村田の右に出る者はいない、と雅代は深いため息をついた。

「おっしゃる通り、ギンイチにいる五百人の消防士は精鋭揃いです。そうでなければ、東京を守れません。総務省から出向している吉長次長でも、簡単にわかる理屈です」

「当たり前だ」

今回、第四次募集をかけ、三十名が選ばれました、と村田が言った。

「全員がギンイチの消防学校で研修を受けます。過去三回と同じで、目的は適性の判断にあります。優秀な者を残し、そうでなければ切り捨てる。他にギンイチの水準を保つ方法はありません」

切り捨てるわけじゃない、と署長の大沢が机を叩いた。

「所属していた消防署に戻すだけだ。村田、言葉に気をつけろ」

失礼しました、と村田が小さく頭を下げ、組んでいた足を揃えた。大沢への敬意が感じられた。

大沢は銀座西消防署の署長を務めた後、そのままギンイチ署長に転じている。ノンキャリア、叩き上げの消防士から経歴をスタートし、修羅場を何度も潜《くぐ》ってきた歴戦の猛者《もさ》だ。

ギンイチほどのメガ消防署の署長であれば、キャリアが就くのが通例だが、他に適任者はいないという判断が総務省消防庁、東京消防庁にあった。

デスクワークの経験しかない総務省キャリアに、大災害に見舞われた東京を救うことはできない。異例な人事だが、誰もが納得していた。

体力、技能、筆記、その他テストを行ないます、と村田が言った。

「研修の担当も採用の判断も、すべて自分の仕事です。信頼できない者を部下にはできません」

わかってる、と大沢が遮《さえぎ》った。

「万一の時、最前線で指揮を執《と》るのは君だ。命が懸《か》かっている現場で、信頼できない消防士と消火活動に当たるわけにはいかんだろう。しかし、この件は――」

時間の無駄です、と村田が顔をしかめた。

「無理だと最初からわかっているのに、三十名の中に入れてどうするんです？　採用すべき人材は他にいるでしょう。こいつのために枠をひとつ潰《つぶ》せと言うんですか？」

村田がキーボードに触れた。全員の前にあるノートパソコンに映し出されたのは、ショートカットの若い女性だった。

「神谷夏美、二十五歳。私立楠南《くすなん》大学英文科卒。現籍、八王子第七消防署。階級は一番下の消防士」

身長百六十一センチ、と苦笑を浮かべた村田が自分の肩の辺りに手を当てた。背が低い、と言いたいのだろう。

「八王子第七には、視察に行ったことがあります。ポンプ車一台の小さな消防署で、担当区域は八王子市南西部、東京とは思えないほど広い畑が続いていました。火災はめったに起きません。そんな経験しかない奴《やつ》に研修を受けさせて、どうするつもりです？」

どうしろとは言っていない、と大沢がまた机を叩いた。

「彼女をギンイチに異動させるのは、総務省消防庁島原《しまばら》防災部長の指示だ。我々は人事に口を挟《はさ》める立場じゃない」

「神谷誠一郎の娘だからですか？」

村田の問いに、会議室の空気が止まった。私に言われても困る、と大沢が口を尖《とが》らせた。

「神谷正監を知らない消防士はいない。私は彼と同期で、親しかった。彼は私の誇りで、忘れたことはない。生きていれば、間違いなくギンイチの署長になっていた。村田、誰よりも君がわかっているはずだ」

もちろんです、と村田がうなずいた。

「それなりに優秀な消防士だと自負していますが、自分は神谷正監の足元にも及びません。誰よりも能力が高く、誰よりも勇気のある素晴らしいファイヤーファイターでした。まだ背中さえ見えていませんが、自分の目標でもあります。しかし、それとこれとは話が違います。神谷正監の娘だからといって、特別扱いする理由はありません」

「そんなことはわかってる」

「能力の低い者を入れれば、他の消防士が命を落としかねません。そんなリスクは冒《おか》せません」

研修を受けさせるだけだと言ってるじゃないか、と吉長が甲高《かんだか》い声を上げた。

「適性を見て、後は君の判断に任せる。無理だというなら、八王子へ戻すだけだ」

意味がないと言ってるんです、と村田がパソコンの筐体《きょうたい》を指で弾《はじ》いた。

「島原防災部長が神谷正監に恩があるのは、自分も知っています。阪神淡路《はんしんあわじ》大震災の時、余震で崩れた瓦礫《がれき》の下敷きになった島原部長を救った件は伝説ですよ。東京消防庁の上層部にも、神谷正監に借りがある者は少なくありません。目が行き届くギンイチに勤務させたい心情は理解できますが、総務でも経理でも、事務職につければいいじゃないですか。それなら現場で命を落とすこともない。なぜ、そうしないんです？」

「彼女は八王子第七で消防課に所属していたし、現場への出場経験もある。他の消防署と同じく、ギンイチでも女性消防士の比率を上げなければならない。君は反対だろうが、昔とは違うんだ」

悪平等です、と村田が木彫り人形のような顔を歪《ゆが》めた。

「吉長次長は勘違いされているようですが、自分は男女同権論者ですよ。男性と女性に優劣などありません。しかし、向き不向きがあるのは事実です。女に消防士は無理なんです」

数人の視線を感じて、雅代は顔を伏《ふ》せた。村田の指摘は基本的に正しい。

警察、自衛隊と比較しても、消防における女性の比率は低い。火災現場に出場する女性消防士は全体の約二パーセントだ。

全国、どこの消防署でもそれは変わらない。理由は体力面の違いにある。

消防士に求められるのは、陸上十種競技に近い能力だ。百メートル走など瞬発力が必須な競技、砲丸投げなど腕力、脚力が要求される競技、千五百メートル走など持久力が必要な競技。オールラウンドな能力がない者に、十種競技はできない。勝者がキング・オブ・アスリートと呼ばれるのはそのためだ。

女子にも十種競技があるが、オリンピックや世界陸上選手権の種目としては行なわれていない。男性と女性とでは体格、筋力が違うためだ。

消防士に必要な体力は、スピード、タフネス、スタミナ、数え上げればきりがない。どれかひとつだけなら、女性が男性を上回ることもあるだろうが、総合力では絶対的に男性の方が上だ。自分は特例だ、と雅代はうなずいた。体育大学で優秀な成績を修め、身長百七十五センチの長身は男性に引けを取らない。マラソンで鍛《きた》えた持久力は、ギンイチでもトップクラスだ。だが、ほぼすべての女性消防士に、それだけの体力はない。適性がないと村田が断言するのもやむを得なかった。

加えて、消防士はチームで動く。一人でも能力の劣《おと》る者がいれば、足手まといになる。それどころか、命取りになりかねない。

ひと月ほど前、雅代は視察を口実に神谷夏美と会っていた。彼女には厳しいでしょう、と大沢に報告済みだった。

悪平等でも時代の流れだ、と吉長が二本の指でボールペンを回した。

「いいか、消防士は地方公務員だ。一般企業の範となるべく、率先して女性を登用する義務がある。つまり、彼女には研修を受ける権利があるんだ。消防士は特別だとか、そんな屁理屈は通らんよ」

ギンイチだけは違います、と村田が首を振った。

「南海トラフ地震が三十年以内に起きる確率は七十パーセント以上、東京を直撃する首都圏大地震もほぼ同じです。その時東京を守るのは警察ですか？　それとも自衛隊？　冗談じゃない、我々消防ですよ。ギンイチは通常の火災にも出場しますが、本来は首都圏大地震に特化した消防署で、予想される火災、津波、事故、救命などに対応できる組織は他にありません。ギンイチは特別なんです」

もういい、と大沢が唸《うな》り声をあげた。

「村田、神谷夏美を特別扱いするつもりはない。ギンイチ警防部に入れ、消防士として現場に投入しろと命じているわけでもない。ただ、機会を与えろと言ってる。異動は決定事項で、研修に合格しなければ男も女もない。失格にすると言うなら、止めはしない。それでも文句があるのか？」

二日と保《も》ちませんよ、と村田が苦々しい表情を浮かべた。

「それでもいいなら、引き受けましょう」

決まりだ、と大沢が左右に顔を向けた。

「会議を終了する。全員、戻れ」

吉長を先頭に、三人の部長が会議室を出て行った。ノートパソコンを手に席を立った雅代に、来てくれ、と大沢が声をかけた。

「何でしょうか？」

三カ月、消防学校に行ってくれ、と大沢が囁《ささや》いた。

「村田は有能だが、平気で暴走する。前にも研修中に事故を起こしただろう？　あの時は足を折った本人が自己責任だと認めたから、大きな問題にはならなかった。だが、あれは二年前だ。二年で社会は大きく変わった。同じことがあれば、パワハラで訴えられかねない。最悪なのは、あいつの辞書にパワハラの四文字が載っていないことだ」

「知っています」

「能力のない者に消防士の資格はない、辞《や》めた方が身のためだ、それぐらい平気で言うだろう。騒ぎになるのは目に見えている」

「わたしに村田司令長を止めることができると？　無理です。それに、暴言は許されませんが、訓練中の指導では怒鳴り声も必要だと、わたしは考えています」

神谷正監のことは知ってるな、と大沢が眉間に皺《しわ》を寄せた。

「東京消防庁に入庁して、三十年ほどが経つ。のべで言えば一万人以上の消防士を見てきたが、彼は特別だった。誰とも比較にならん。私だけじゃなく、彼を知る者は皆同じことを言うだろう。神谷がいなければ、人惨事になった火災もある。特別扱いするつもりはないと会議では言ったが、彼の娘をギンイチで預かるのは東京消防庁の総意なんだ」

「はい」

研修の総責任者は村田だが、と大沢が薄くなった頭に手をやった。

「教官は他にもいる。君も加わってくれ。神谷夏美をかばえと言ってるわけじゃないぞ。適性がなければ、事務方に回す。ただ、村田の止め役がいないとまずい。奴は君を評価している。そうでなければストッパーは務まらん」

了解しました、と雅代はうなずいた。

「他にも一名女性消防士がいます。体育系の大学を卒業したフィジカルエリートで、女性消防士を増やすべきだと、わたしも思っています」

週明けの月曜、と大沢が腕時計に目をやった。

「二月一日、全国から選《え》りすぐりの三十名が集まる。何人残るか、それは私にもわからんが……とにかく、頼んだぞ」

敬礼した雅代に、よろしく、と大沢が答礼した。

2

二月一日、午前七時。夏美は銀座第一消防署の正門をくぐった。通称のギンイチは、消防士の間でもよく知られている。

消防法を一部改正し、全国の消防署から優秀な消防士を選び、ギンイチ所属にすることが可能になったのは三年前だ。日本最大規模を誇る消防署で、誰もがギンイチでの勤務を望んでいると言っていい。

ギンイチの消防士として採用されれば、火災消火と人命救助のプロフェッショナルの称号を得るのと同じだ。大勢の消防士がギンイチを目指していた。

受付で名前を言うと、30とプリントされたビブスを渡された。案内図に従い、二階の奥にある女子更衣室に入ると、そこに二人の女性消防士がいた。

ベンチに座っていたのは、背の高い眼鏡をかけた三十代の女性だった。もう一人のショートヘアの女性は消火服の上に16のビブスをつけていた。

（柳雅代消防司令補）

ひと月ほど前、眼鏡の女性と八王子で会った。視察は口実で、事前に適性を確認するために来たのはわかっていた。

全国消防救助技能大会陸上の部で、三年連続ロープブリッジ渡過《とか》入賞など、男性消防士以上の体力、技能を誇る日本トップクラスの女性消防士だ。何もかもが自分とは違う。

神谷夏美、東京都八王子第七消防署、と雅代がファイルを開いた。

「ロッカーに消火服と靴がある。すぐに着替えること。彼女は埼玉県川口《かわぐち》消防署の梶浦美佐江《かじうらみさえ》副士長。今回、三十名の消防士が選抜されている。女性は二人、期間は約三カ月。質問は？」

研修の内容ですが、と美佐江が挙手した。三十歳前後だろう。声は落ち着いていた。

「詳《くわ》しいことを聞いていません。厳しいのはわかっていますが――」

何とも言えない、と雅代が肩をすくめた。

「三十名はギンイチ内の消防学校に入校する形になる。研修の総責任者は副校長の村田司令長、他にわたしを含め四人が教官を務める。過去三回、いずれも訓練メニューは違った。決めるのは村田司令長で、内容はわたしも聞いていない」

夏美は30と貼り紙のあるロッカーを開け、素早く消火服に着替えた。身長、体重、足のサイズは事前に申告済みだ。

過去の脱落率は九十一パーセント、と雅代の声が響いた。

「第一回の研修では、十人以上を採用すると決めていた。でも、村田司令長の基準が厳しくて、三人がやっとだった」

噂《うわさ》は聞いてます、と美佐江が小声で言った。

「ギンイチには女性消防士が六人いますね？　三年前、柳司令補を含めた全員が上長の推薦を受けて入ったそうですが……」

五人よ、と雅代が首を振った。

「先週、一人辞めた。ここは他の消防署と違う。わたしはデスクに辞表を入れたままにしている。男であれ女であれ、ギンイチで働く者は覚悟が必要となる。辞退するなら、今すぐ言うこと。ビブスを外すのは、恥でも何でもない。訓練の厳しさに、声を上げて泣き出す者を何人も見てきた。負傷は日常茶飯事よ。脅《おど》しているわけじゃない。これでも言葉を選んでいるつもり」

一分ほど沈黙が流れた。いいでしょう、と雅代がファイルを閉じた。

「グラウンドに出なさい。その後、私語は厳禁」

軍隊みたいですね、と美佐江が引きつった笑みを浮かべた。身長は雅代と変わらない。

まさか、と雅代が更衣室のドアを開けた。

「それ以上よ」

口を閉じた美佐江の後につき、夏美は長い通路を歩いた。広いですね、と美佐江が言った。

「所属していた川口消防署は県内でも一、二を争う規模ですが、比較になりません」

千人が働いている、と雅代が天井を指した。

「大きく分ければ総務部、予防部、警防部の三部制で、あなたたちは警防部要員として研修を受ける。消防部と呼ぶ自治体もあるけど、火災現場に出場する消防士が所属する部署で、五百人以上が三交替制で勤務している。二階は男性、女性の仮眠室、食堂、喫茶部その他。他はいずれ説明する。消防学校を併設しているのは都内だとギンイチだけで、実態は訓練所よ」

「訓練所？」

小さな消防署でも運動用のスペースがある、と雅代が言った。

「体操や筋トレをしたり、機材の点検や技能訓練に使う。でも、ギンイチの消防学校は消火、救命の訓練に特化していて……駆け足、始め。ビブスの番号に従い、所定の位置につけ」

グラウンドに足を踏み入れた雅代の表情が変わった。二十人ほどの男たちが立っていた。

「五人ずつ、六列だ」

宇頭《うとう》、と名前の入ったビブスをつけた大柄な男が手をメガホン代わりに怒鳴る声が聞こえた。

「先頭はビブス1、6、11、16、21、26。急げ」

背後から迫ってきた足音が、夏美たちを追い抜いていった。数字の書いてあるビブスが上下に揺れている。

夏美は五人ずつ並んでいる六列目、最後尾につき、辺《あた》りを見回した。

一周五百メートルほどの広いグラウンドの中央に、いくつかの高い壁、煤《すす》けて黒くなっている建物、ポンプ車、用具入れがあった。

幅の広い道を一本挟み、反対側にもう一面グラウンドが見えた。仮設の小さなビルが建っていたが、訓練用だろう。

列に並んでいる者は、いずれも全国の消防署から選ばれた消防士で、何人か見覚えのある顔がいた。東京都の救助技能大会、全国消防救助技能大会、あるいは全国消防操演大会で優秀な成績を残した者だ。

全国消防救助技能大会は全国を九地区に分けたエリア別で行なわれる〝地区指導会〟で各員が技術を競い、そこで選ばれた者が全国大会でしのぎを削る。消防士個人の技能、並びに消防士同士の連携、個人及びチームの創意工夫による技術が審査対象となる。

全国消防操演大会は都道府県代表の消防士が個人、消防署単位で参加し、消火技術を競う。前者はレスキュー隊員、後者は消防士が対象となる。また、消防団員を対象とした全国消防操法大会、全国女性消防操法大会も実施されている。

いずれも消防士にとって、高校野球の甲子園大会に近い。市区町村単位での予選を勝ち上がると、都道府県別予選があり、そこで勝ち残った者、あるいは消防団、消防署がエリア別予選に臨《のぞ》む。

決勝の舞台となるのが全国消防救助技能大会と全国消防操演大会、と考えればわかりやすいだろう。

全国には七百二十八の消防本部、千七百十九の消防署が設置されている。消防職員の総数は約十五万五千人、それに女性消防職員約四千八百人が含まれる。

加えて、市区町村の非常備消防機関の消防団がある。非常勤務特別職地方公務員である消防団員数は約八十五万人、女性団員は約二万五千人だ。

　その全員が各種大会を目指しているわけではないが、決勝に残るのは各署のエース級の消防士、レスキュー隊員だ。ギンイチのグラウンドに立っている三十名は、狭き門を潜り抜けてきた精鋭たちだった。

　どうして自分がここにいるのか、と夏美は苦笑した。笑うしかなかった。

　列を作った三十人の顔に、自信が漲《みなぎ》っていた。消防士として、レスキュー隊員として、それだけの経験を積んでいる。闘争心が剝《む》き出しになり、全員が殺気立っていた。

　希望すれば、誰でもギンイチで働けるわけではない。基本的に自薦だが、上長の推薦も必須だ。

　高い身体能力、人命救助への強い意識、性格、適性、すべてが揃っていなければ、研修を受けることさえできない。

　誰にも負けない、と全員の顔に書いてあった。それは一歩も引かないという意志の現れでもある。

　他の女性消防士も含め、自分とは住む世界が違う、と夏美はため息をついた。

「総員、注目」

　宇頭が気をつけの姿勢を取った。その左隣に雅代、右に大久保《おおくぼ》、金井《かない》と名前入りのビブスをつけた男が並んでいる。僅かに乱れていた列が、一本の線になった。

　宇頭と大久保の間に、二メートルの高さの壇《だん》が置かれている。そこには誰もいなかった。

　以下説明、と宇頭が口を開いた。

「今後、並んでいる各列の五人を班とする。班長は先頭の六人が務めること。我々から見て右から順に第一班、第二班、一番左を第六班と呼ぶ。班長も含め、各班のメンバーは任意に選んだ。今回の研修では個人の能力に加え、チームワークも考課《こうか》対象となる」

「はい！」

村田司令長、と宇頭が半歩下がった。

「訓令をお願いします」

四人の教官が一礼すると、大股でグラウンドを横切った背の高い男が素早く壇に上がった。

「総員、休め。ギンイチ消防学校の副校長、村田大輔だ」

髪を短く刈り、彫刻刀で彫ったような鋭い目で村田が辺りを見回した。陽に灼《や》けた肌が真っ黒だった。

二月一日早朝、気温はまだ低い。寒空の下、制服を着用しているが、全身から湯気が立っていた。

「諸君は全国の消防署から集められた消防士、レスキュー隊員で、優秀さは折り紙つきだ。くどいことは言わない。今日から三カ月の研修を行ない、残った者をギンイチの消防士として採用する。定員はない。一人なのか、三十人全員が合格するのか、それは自分にもわからん。ゼロということもあるだろう」

低いがよく通る声だ、と夏美は思った。村田が全員の顔を順に見つめた。

「諸君はいずれも消防士として、あるいはレスキュー隊員としてプロフェッショナルだが、我々が求めているのは、どちらの能力も優れている者だ。我々の要求する水準に達していれば合格、他は在籍していた消防署に戻れ」

金井、と村田が促《うなが》すと、事前に連絡済みだが、と蟹《かに》のような体つきの男が声を張り上げた。

「改めて確認する。研修期間は本日より四月二十八日までの約三カ月。その間はギンイチ内にある寮に入る。訓練は毎日朝七時から夕方五時まで、座学二時間、昼食休憩一時間を含め訓練を行なう。休日はないが、日曜のみ夕食後の外出を認める。門限は夜十一時。研修期間中に随時技能テストを行なう。諸君は各都道府県の消防士採用試験に合格し、最低でも三年の経験を持っている。我々もそのつもりで接する」

はい、と全員が大声で返事をした。訓練中に火災が発生した場合、と金井が先を続けた。

「出場命令が出ることもあり得る。その時はギンイチの消防士が各班を率いる。説明は以上だが、質問及び意見がある者は挙手せよ。名前、所属、階級を申告した後、許可する」

その声が終わるのと同時に、1のビブスをつけた百九十センチ近い長身の男が手を挙げた。

「風間《かざま》武司《たけし》、東京板橋《いたばし》中央消防署所属の士長です。訓練内容について、教えてください」

全員のデータは確認済みだ、と村田が口を開いた。

「だが、俺は自分の目しか信じない。百メートルを十一秒台で走ったとか、そんな数字はどうでもいい。最初の一週間は徹底的に基礎体力を叩き直す。そこで脱落する者もいるだろう。今、訓練内容を説明しても意味はない」

自信がなければギンイチ勤務を希望しません、と風間が不満そうな表情を浮かべた。

「自分はレスキュー隊員の特別救助技能研修を修了しています。現在は欠員待ちですが、ギンイチ内のハイパーレスキュー隊に入るため、今回の研修に参加しました。体力には自信があります」

レスキュー隊の正式名称は特別救助隊だ。人命救助を主要な任務とする専門部隊で、優れた精神力、体力を有し、経験と判断力を持つ者にしか資格は与えられない。

消防士の多くがレスキュー隊員を目標にしている。だが、消防学校救助課での研修を受け、四十日間の特別救助技術研修をクリアしなければならない。その厳しさは他と比べようがなく、ほとんどが挫折《ざせつ》する。

風間はレスキュー隊員の資格を得ている。基礎体力は備わっている、と考えているようだ。その必要はないってことか、と村田が言った。いえ、と風間が背筋を伸ばした。

一日十時間の訓練を三カ月間にわたって行なうのは、と村田が腕を組んだ。

「非常識と思うかもしれん。警察や自衛隊もそこまではしないからな。だが、ここは消防だ。炎を消し、人命を救うのが俺たちの仕事で、常識に従っていたら何人殺すかわからん。ギンイチでは限界以上の訓練を課す。ここでは俺が法だ。文句があるなら帰れ」

無言で風間が手を下ろした。自分も質問があります、と夏美の列の先頭にいた男が挙手した。

「静岡県浜松《はままつにし》西署の岡野《おかの》士長です。今回の研修では各員の能力に加え、各班のチームワークも考課の対象となるんですね？」

身長は百七十五センチほどで、他と比べると低いが、全身を鎧《よろい》のような筋肉が覆っている。ボディビルダーでも、ここまで体を鍛えている者は少ない。

　説明した通りだ、と金井が言った。公平でしょうか、と岡野が声を張った。

「自分も県の技能試験に出場経験があります。個々の能力より、チームとしての総合力が問われるのはわかりますが、一人でも能力に劣る者がいれば、力は発揮できません」

　視線を感じて、夏美は顔を伏せた。最後尾にいるので、全体が見える。

　美佐江を含め、百七十センチ以下の者はいない。小柄な女性消防士はハンデだ、と岡野は言いたいのだろう。

　勘違いしていないか、と村田が首を左右に曲げた。

「体力、技能、何であれ能力に優劣はある。劣っている者がいたら、それをカバーするのがチームワークだ」

「しかし――」

　それがわからない奴はギンイチで働く資格がない、と村田が言った。

「お前は体力自慢のようだが、そんなものは現場じゃ通用しない。炎を倒すにはチームで戦うしかないんだ」

　岡野が目を逸《そ》らした。自分も質問が、とその隣に立っていた二十代の男が手を挙げた。

「芝村政也《しばむらまさや》、杉並西《すぎなみにし》署所属の士長です。私には七年の経験があり、去年の都の技能大会では個人優勝しています」

　結構な話だ、と村田が唇の端だけで笑った。馬鹿にされたとわかったのか、芝村が顔を紅潮させた。

「首都東京を守るために設立されたギンイチが、消防士に高い能力を要求するのは理解していますが――」

日本の人口の十分の一以上が東京に集中している、と村田が言った。

「通勤、通学を含めれば二割以上、神奈川、千葉、埼玉を合わせれば約三千万人、全人口の四分の一だ。政治、経済、交通、産業、文化、いずれも中心は東京で、東京が機能を喪失すれば、日本全体が壊滅する。それを食い止めるのがギンイチの仕事だ。どれだけ高い能力を要求したって足りん」

関東大震災クラスの直下型地震が首都東京を直撃すれば、推測できないほどの被害が出る。火災はもちろんだが、ビルの倒壊、電源喪失、津波、パニック、その他あらゆる局面で人命が危険に晒《さら》される。

治安の悪化は避けられない。暴動も起きるだろう。デマやフェイクニュースが氾濫《はんらん》し、犠牲になるのは子供、高齢者、女性たちだ。

それを守るのが警察、自衛隊、消防の役目だが、省庁舎が全壊すれば指揮系統の混乱は避けられない。東京消防庁、総務省消防庁もその機能を失う。

あらゆる機能が東京に一局集中しているため、壊滅的な打撃を受ければ、市民の安全を守ることはできない。

ギンイチが日本の壊滅を食い止めると村田が断言したのは、それを補うだけの人員、装備、更に非常時には署長の権限で都内全消防署に命令を発する権限を認められているからだ。

「災害による非常事態宣言が発令された場合、ギンイチは独自の判断で動ける。警察でも自衛隊でもなく、消防にその権限が与えられたのは、消防士だけが災害発生時に人命を救えるからだ。大混乱が起きれば、それに乗じて馬鹿が出る。強力な権限を持てば、勘違いするのが人間だ。研修ではお前たちの倫理も問う」

我々は都民、そして国民を守ります、と芝村が叫んだ。

「消防士としての倫理は、常に胸にあります」

俺はギンイチの消防士に高いレベルを要求する、と村田が言った。

「消火、人命検索、救助、救命、その他あらゆる困難に対処しなければならない。お前が考えているレベルと俺の想定はまったく違う。それがわからないなら、帰った方がいい」

どんなに厳しい訓練でも耐えてみせます、と芝村が胸を叩いた。

「自分も努力してきました。炎に負けたりはしません」

無言で村田が横を向いた。意見を具申します、と芝村が手を挙げた。

「各員の基礎体力を確かめたいと司令長が考えるのは、立場上当然です。そのためには、同じレベルの体力を持つ者で班を作った方が現実的ではないでしょうか？　体力が劣る者に合わせるのは本末転倒です」

賛成です、と数人が手を挙げた。自信があるのはいいと言った村田に、前回と同じです、と宇頭が囁いた。

「技能大会の成績ばかり重視して研修生を選ぶのは間違ってますと、吉長次長に何度も言ったんですが……どうします？　自分に任せてもらえますか？」

待て、と村田が手で制した。

「怖《お》じけづいて泣き言を言う奴よりはましだ……いいか、自信と過信は違う。お前たちは火災のことを何もわかっていない。俺に言わせれば素人《しろうと》と変わらん」

それは違うでしょう、と岡野が一歩前に出た。

「村田司令長の勇名は知っています。日本最高のファイヤーファイター、と先輩から何度も聞かされました。ですが、自分も数多くの火災現場に出場しています。素人呼ばわりされる覚えはありません」

経験では及ばないとわかっています、と岡野が話を続けた。

「二〇〇一年九月、アメリカで起きた同時多発テロの際、村田司令長はニューヨークで研修中だったと聞いています。ワールドトレードセンタービルに航空機が突っ込んだ直後、現地の消防士と共にビル内に突入し、消火及び人命救助に加わったそうですね？　そんな日本人消防士は数名しかいません。超大規模火災の経験こそありませんが、司令長が考えている以上に現場を踏んでいるつもりです」

チームワークの重要性は理解していますが、と風間が後方に目を向けた。

「それなら各員のレベルを合わせて班を組むべきでは？　無駄も省《はぶ》けますし――」

お前たちみたいな連中が一番危ない、と村田が岡野と風間を交互に見た。

「自分の能力を過信している奴は、現場で勝手に動く。そのために命を落とした消防士を何人も見てきた。お前たちは何もわかっていない」

並んでいた全員が敵意に近い視線を村田に向けた。消防の組織は軍隊に近い。抗命行為などあってはならない。

それぞれ、経験も豊富だ。階級が絶対だという認識もある。にもかかわらず、彼らが苛立《いらだ》っているのは、村田の言い方のためだった。

指揮官とは思えない挑発的な言葉遣いだ。経験不足を指摘するのはやむを得ないとしても、素人と同じ、は言い過ぎだろう。

他人の感情を無意識に逆なでする。それが村田という男だった。

「質問や意見があれば言え、と命じられました」岡野が金井に目をやった。「命令に従い、意見を言ったまでです。しかし、司令長に聞くつもりがないのでは――」

やれ、と低い声で村田が言った。いつの間にか太いホースを構えていた宇頭がバルブを開放した。凄まじい勢いで水が放出され、すぐ前にいた岡野の体が軽々と吹っ飛んだ。

宇頭がホースを左右に向けると、次々に消防士が倒れていった。最後尾にいた夏美も人雪崩《ひとなだれ》に巻き込まれ、転倒した。

一分後、宇頭が放水を止めた。立っている者は一人もいなかった。

「お前たちは弱い」

村田の声が頭上から降ってきた。

「人間は誰でも弱く、脆《もろ》い。真っ向から炎と戦って、勝てるはずがない」

腕を押さえた岡野が悲鳴を上げた。肘が折れたのか、腕があり得ない角度で曲がっている。

何があるのかわからないのが火災現場だ、と村田が言った。

「体力があるから死なない？　馬鹿なのか？　必要なのは冷静な判断力、対応力だ。それもわからない奴が大口を叩くな」

卑怯《ひきよう》です、と芝村が咳《せ》き込んだ。全身がぐっしょりと濡れていた。

「この近距離で対面放水をされたら、どうにもなりません」

火災現場では一方向からのみ放水するとは限らない。大規模火災では、四方からの放水に加え、ヘリコプターによる放水なども加わる。

現場で消防士同士の放水が交錯《こうさく》することも稀《まれ》ではない。十メートル離れていても、直撃を受ければ負傷しかねない。

高圧放水の威力は、受けた者でなければわからない。現場では、互いの放水が消火を妨害することもある。

対面放水はそのための訓練だ。五メートルの距離から、高圧放水を消防士にぶつける。受け止めるか、避けるかは状況によるが、宇頭と岡野の距離は約二メートル、合図もなかった。どんな消防教官でも、こんな対面放水はしない。

面白いことを言う奴だ、と村田が唇を曲げて笑った。

「お前は炎にもそう言うのか？　卑怯だ、いきなりなんてずるいと？　笑わせるな、炎に泣き言が通用するか？」

　岡野士長は骨折しています、と芝村が叫んだ。

「この近距離で対面放水なんてあり得ません。どう責任を取るつもりですか？」

　訓練中の事故に責任もへったくれもない、と村田が言った。

「お前たちのような馬鹿は不用意に炎に近づき、自ら命を落とす。いいか、お前たちは弱い。肝《きも》に銘《めい》じておけ。不服ならさっさと立ち去れ」

　一時解散、と村田が怒鳴った。

「三十分後、着替えて集合。来なかった者は失格と見なす。以上だ」

　どうかしている、と夏美は体を起こした。倒れた時、地面でこすった頬《ほお》に血が滲《にじ》んでいた。

　壇を降りた村田が遠ざかっていく。その背中に目をやった。

　消防士一名が骨折し、他にも負傷者がいるが、振り向こうともしない。その姿は異様ですらあった。

　負傷した者は医務室へ、と雅代が右手を挙げた。

「辞退希望者は更衣室にある用紙に記入後、総務部に提出せよ。前回の研修では骨折者二名、重度の捻挫《ねんざ》三名、その他八名が辞退した。研修中の負傷は免責事項で、各消防署署長も了解している」

　何だよこれ、という声があちこちから聞こえた。全員の体がずぶ濡れで、消火服から水が滴り落ちていた。

辞めるべきだ、と夏美はつぶやいた。軍隊の新兵訓練より苛酷だ。三カ月後にはボロ雑巾《ぞうきん》のようになっているだろう。

「お前たちは弱い」

村田の声が頭の片隅《かたすみ》で響いた。その通りだ。誰よりも弱いわたしに、ギンイチの消防士になる資格はない。

よろける足を踏み締《し》めて、夏美は雅代の前に立った。辞めますと言うはずだったが、声が喉《のど》の奥で止まった。雅代がゆっくりと首を振っていた。

fire 2　辞退願

1

「何をしたかわかってるのか!」

吉長が投げ付けたボールペンが村田の胸に当たって床に落ち、乾いた音が鳴った。

「村田、問題になるぞ。研修初日で負傷者を出すなんて、どうかしてるんじゃないのか? 対面放水? そりゃ骨折もするだろう。柳、他に負傷者は?」

捻挫二名、擦過傷《さつかしょう》はほぼ全員です、と雅代は答えた。

「岡野士長ともう一名は銀座病院で治療を受けています。訓練中の負傷ですので、治療費はギンイチの負担となり――」

当たり前じゃないか、と吉長が頭を抱《かか》えた。

「だから無茶はするなと言ったんだ。忘れたとは言わせんぞ。研修に参加する消防士に怪我《けが》などあってはならないと——」

こっちも意見を申告しています、と宇頭が口を開いた。

「技能大会の結果で選考するのは止《や》めるべきだと言いましたよね？　参考にするのは結構ですが、大会と実戦は違います。吉長次長が数字だけで決めるから……」

何を言ってる、と吉長がデスクを強く叩いた。

「宇頭、前から思っていたが、君の態度は問題が多い。消防は階級がすべてだ。そうでなければ統制が取れない。村田は消防司令長で、我々消防監より一階級下なんだ。それを忘れるな」

そんなことはわかってます、と宇頭が一歩前に出た。

「総務省キャリアの吉長次長は、後方で消防白書をまとめていればいいんでしょうが、炎に飛び込んでいくのは我々です。信頼できる指揮官がいなければ、そんなことはできません」

よせ、と短く村田が言った。口を閉じた宇頭が元の位置に戻った。

口の利《き》き方に気をつけろと怒鳴った吉長に、負傷者が出たのは自分の責任です、と村田が小さく頭を下げた。

「始末書を書きますし、処分はお任《まか》せします。ただ、研修とはいえ訓練中の事故です。骨折ぐらいで、辞表は出せません」

「ぐらいとは何だ！」

信じられないと頭を振った吉長に、優秀でなければギンイチの消防士は務まりません、と村田が言った。

「炎を消す、人命を救う、どちらの能力も高い水準で備えている者しか働けない消防署です。優先されるべきは現場での対応力、判断力で、選考については時間をかけるべきだと何度も意見を上げました。現状のままでは、ギンイチ全体のレベルが下がるだけです」

そんなことできるはずがないだろう、と吉長がデスクを蹴《け》った。

「全国の消防署を回って、現場に出場する消防士を見てこいと？　無理に決まってるじゃないか。だから自薦に加え、上長の推薦を条件にしている。それで一定の水準は保たれるはずだ。後は研修で絞《しぼ》り込めばいい。違うか？」

一定の水準では困ります、と村田が首を振った。

「自分が要求しているのは、最高レベルの消防士です。全国の消防士がギンイチを知っていますし、勤務を希望する者は山ほどいます。ある程度優秀なら、上長も推薦状を書きますよ。今回、エントリーシートを提出したのは約五百名、そこから三十人を選んだのは吉長次長です。技能大会の結果？　自分に言わせれば、あんなものはクソですよ。現場では何の役にも立ちません。それをわからせるためには、多少の無茶もやむを得んでしょう」

始末書を書け、と吉長が喚《わめ》いた。

「宇頭、お前たちもだ。岡野が所属している浜松西消防署には私から連絡を入れておくが、何を言われても頭を下げるしかない。私の立場も考えてくれ。謝罪要員としてギンイチに来てるわけじゃないんだぞ」

大沢署長と話してくる、と吉長が足早に消防監室を出て行った。始末書を提出してくれ、と村田が四人の教官に目を向けた。

「いつも通り、俺の命令に従ったと書けばそれでいい」

そうはいきません、と金井が顎《あご》の先を指で掻《か》いた。

「去年だけでも司令長は三回始末書を書いてますし、訓告二回、十日間の停職処分も食らってますよね？　そろそろ昇進してもらわないと、下が詰まっています。司令長に責任を押し付ければ、こっちにもしわ寄せが来るんです」

冗談です、と金井が苦笑を浮かべた。その場にいた全員が肩をすくめた。

消防庁長官表彰の国際協力功労彰、功労彰、特別功労彰で複数回表彰された消防士で、今も現場に出場しているのは全国でも村田しかいない。高い評価にもかかわらず昇進が遅いのは、表彰の倍以上処分を受けているためだ。最も軽い訓告は、村田も回数を覚えていなかった。

この二年の処分は減給三回、停職二回、訓告は七回。免職になってもおかしくないが、東京消防庁が村田を最前線に残しているのは、指揮官としての能力が誰よりも優れているためで、他に理由はない。

銀座第一消防署、通称ギンイチが創設されたのは三年前だ。母体である銀座西消防署を再編し、署長の大沢以下、上級職のほとんどがスライドしたが、当時消防司令だった村田は人事から外れていた。

総務省消防庁と東京消防庁に村田外しの意図があったのは、雅代もわかっていた。炎を消し、人命を救うためなら平気で法律を無視する消防士など認めない、と多くの者が考えたのだろう。

　地下式消火栓の真上に違法駐車していた車を破壊し、雑居ビル火災では階段に積まれていた高級ウイスキー、ワインのボトル数百本を割ったこともある。いずれも意図的だから、余計に始末が悪かった。

　上の指示が間違っていると判断すれば、平気で命令を無視するのも村田の昇進を阻《はば》む理由のひとつだ。何度も抗命行為を繰り返し、上級職を罵倒《ばとう》することも稀ではなかった。

　ただ、村田が指揮を執る火災現場で、被害が異常なほど少ないのは確かで、村田を蛇蝎《だかつ》のように嫌い、憎んでいる総務省消防庁キャリアたちも、それは認めざるを得なかった。的確な状況判断、対応のスピード、人員の動員、配置、あらゆる面でトップ中のトップだ。

　問題は多いが外すわけにはいかない、と大沢がギンイチへの異動を認め、司令長として第一線に立つことになった。大沢という防波堤がなければ、とっくに左遷されただろう、と雅代は思っていた。

　ギンイチ設立時、全国から集まった消防士に厳しい訓練を課したのも村田だ。要求する水準に達しない者を容赦《ようしゃ》なく切り捨てるその姿は魔王そのものだった。

　村田の判断基準は個々の能力だけだ。正確に消防士の能力を見極め、情実は一切通用しない。

　そのやり方についていけず、辞めていく者の多くから怨嗟《えんさ》の声が上がったが、意に介することはなかった。三年で最強の消防軍団を作り上げたのは、村田の鉄の意志と言っていい。

　柳、と村田が口を開いた。

「何人辞める?」

雅代は持っていたファイルを開いた。

「負傷した岡野士長ともう一名を含め、辞退願が四枚提出されました。十名を超えるかもしれません」

手間が省けていい、と村田が言った。

「三十分経った。来ない者は辞退したと見なす。残った者で新たに班を編成しろ」

了解しました、と雅代は敬礼した。村田がソファに座り、長い足を組んだ。

2

「整列!」

グラウンドに出た宇頭が怒鳴った。集合した消防士が気をつけの姿勢を取ったが、隊列にいくつも穴が空いていた。辞退者の数は十人だった。

班編成を組み直す、と雅代は左右に目をやった。

「各班の人数は五名、前が空いていたら、順に詰めるように。今後は四班体制とする。以下、班長を指名する」

過去の研修でもそうだが、欠員が出るのは想定済みだった。

「第一班、班長風間武司、第二班、班長芝村政也、第三班、班長殿山《とのやま》博《ひろし》、第四班、班長杉本《すぎもと》洋《よう》

平《へい》。順に風間班、芝村班、殿山班、杉本班と呼ぶ。班長四人は一歩前へ。ビブスを交換し、整列せよ」

指示に従い、二十人が動いた。雅代から見て右から風間班、芝村班、殿山班、杉本班が並んだ。

休め、と雅代は号令をかけた。

「名称こそ消防学校だが、各都道府県の試験に合格した後、入校する消防学校とは違う。これまでに学んだ知識と経験を土台に、ステップアップを図るための場と考えること。基礎体力訓練、消火技術訓練、救急実習、建築学実習、消火設備実習、水難救助訓練、その他すべてひと通りの能力が備わっていると想定して訓練を行なう」

今日は初日だ、と金井が前に進み出た。

「まず、全員の体力をテストする。風間班を先頭にグラウンドを走れ。一周したら、最後尾の者は班の先頭に出ろ。タイムは一周八十秒以内とする。風間班がスタートした十秒後に芝村班、その十秒後に殿山班、更に十秒後、杉本班が続く。後ろの班に抜かれた班は、ペナルティとしてタイムを一周七十秒にする。さっさと並べ」

何周走るんですか、とスタートラインに立った風間が質問したが、黙《だま》って走れ、と金井が手で合図した。風間を先頭に、他の四人が走り始めた。

金井がストップウォッチに目をやり、十秒経ったところで、行け、と短く命じた。

芝村が飛び出し、その後を四人が追った。すぐに殿山班、そして杉本班がスタートを切った。

五百メートルを八十秒で走るのは、と雅代の隣で大久保が囁いた。

「中学生でもできます。連中も消防士ですから、そんなタイムは余裕でしょう」

十周保たない、と雅代にはわかっていた。ほとんどの者が倒れるだろう。

残酷なレースですよ、と宇頭が苦笑いを頰に浮かべた。

「初めに十周走れと命じられたら、ペース配分を考えますが、何も言ってませんからね……気持ちが切れたら、タイムも何もありません。毎回のことですが、総崩れになるだけです」

ギンイチに配属された時、と宇頭が肩をすくめた。

「ぼくもこのレースをやりました。スタミナには自信があったし、大学では長距離の選手でしたから、五百メートルを八十秒で走れなんて、ギンイチの消防士は楽でいいと思ったぐらいです。だけど、いつまで経ってもストップがかからないから焦《あせ》って……気づいたらグラウンドに引っ繰り返っていましたよ」

五百メートルを八十秒で走る能力は全員に備わっている。体力が最低レベルの神谷夏美でも、問題ないだろう。

雅代も同じようにグラウンドを走ったことがある。だから、二十人が何を考えているかわかっていた。

最初は余裕だ。そして、他の班員に対して自分の優位さを示すチャンスと捉《とら》える。

だが、それは続かない。ある瞬間に疑問が生じる。いつまで走ればいいのか。何周走らせるつもりなのか。

疑問が焦りを呼び、それが混乱に変わる。その後は何も考えられなくなり、スタミナを失い、足を前に出すことすらできないまま、次々に倒れていく。

デスレースと雅代は呼んでいたが、マウントの取り合いが無意味だと悟《さと》らせるのが目的だった。

意識を変えるための荒療治だが、潰し合いに終わる可能性もある。無事に終わるように、と雅代は走っている二十人の顔を見つめた。

3

夏美は19のビブスをつけた背の高い男に続いて走りだした。八王子では二キロのランニングが日課だった。

夏美の四百メートルの持ちタイムは六十秒ジャスト、五百メートルを八十秒で走るのは難しくない。

都道府県の採用試験に合格すると、全員がそれぞれの地域の消防学校に入校する。授業で知識を養い、訓練で体力を鍛えるが、比重としては後者の方が大きい。最低レベルだが、クリアしてきた自信があった。

だが、前を行く男のスピードが上がっていた。杉本がペースを速めたためだ。それは先行する三班すべてが同じだった。

夏美は唇を噛んだ。五周走れば二・五キロ、十周なら五キロだ。ペース配分が重要になるが、全員が百メートル走のような勢いで走っている。

体力テストの目的は走力の確認だ。競争をしているわけではない。タイムレースでもない。にもかかわらず、誰もがスピードを上げていた。無意識のうちに、競争意識が働いているのだろう。

一周を終えた時、七十一秒と金井が叫ぶ声がした。速すぎると思ったが、足を止めることはできなかった。

「ビブス20、先頭に回れ！」

背後で金井が怒鳴った。夏美は荒い息を吐《は》き、ストライドを大きくした。三人を抜き、杉本班の先頭に出るまで走り続けると、心臓が激しく鳴り、喉元まで迫《せ》り上がった。

（冷静になれ）

これでは短距離走だ。一キロならともかく、それ以上は無理だ。

スピードを上げろ、と後ろから杉本に肩を突かれた。

「風間はすぐ後ろだ。抜かれるぞ！」

ペースを考える余裕はなかった。息が切れ、酸素不足で吐き気がしたが、堪《こら》えて走るしかない。

三周目に入った時、七十五秒と金井がタイムを叫んだ。一周目より四秒遅くなっている。無理なペースで走ったためだ。

前に回った男の顔が真っ青になっていた。酸素が脳に回っていないようだ。

夏美以外の全員がフィジカルエリートだ。五百メートルを一分以内に走る力を持っている。そのはずだったが、前を行く殿山たちの足がもつれていた。風間班、芝村班も同じだ。

「八十四秒」

声に顔を向けると、金井が退屈そうに欠伸《あくび》をしていた。二千メートル走っただけなのに、と夏美は首を振った。

体格差はどうにもならないが、十キロ走る力はあるつもりだ。それなのに、スピードは落ちていく一方だった。

不意に、不安が胸に広がった。何周走れ、と言われていないが、全員が倒れるまで続けるつもりなのか。

六周目に入った。金井はタイムを口にしなかった。八十秒どころか、二分を越えているのかもしれない。

全員が体を前に傾けているだけで、足がついていかなくなっている。あちこちでえずく音が聞こえた。

夏美は口に手を当てたが、遅かった。今朝食べたトーストのかけらが、グラウンドに飛び散った。

七周目、走っている者は一人もいなかった。夢遊病者のように、ふらふらと歩いているだけだ。その顔色は死人より悪かった。

たった三キロで、そんな顔色になるはずがない。すべてはペース配分を誤ったためだ。八周目に入ったところで、夏美はグラウンドに膝をついた。全身の痙攣《けいれん》が止まらない。そのまま、仰向《あおむ》けに倒れた。胸が大きく上下している。

一分ほどが経ち、夏美は閉じていた目を薄く開いた。全員がグラウンドに倒れていた。

4

十分後、ギンイチ本館二階の大会議室への移動を金井が命じた。夏美は地面に手をついて立ち上がり、這《は》うように本館へ向かった。他の研修生も似たようなものだ。

覚束《おぼつか》ない足取りで階段を上がり、表示に従ってドアを開けると、五人用の長机が十列あった。席に用意されていた経口補水液を飲むと、ようやく体の震えが止まった。聞こえてくるのは、研修生たちの口から漏れる荒い呼吸音だけだ。

ビブスをつけた者が一人、また一人と入ってくる。二十人が席についたが、私語はなかった。話す気力もないほど、全員が疲れ切っていた。

足に力が入らないまま、夏美は体を長机で支えていたが、ドアが開き、村田を先頭に五人の教官が姿を現した。

「総員、注目！」

大会議室の講義用デスクの脇に立った宇頭の怒声に、夏美は姿勢を正した。ご立派だな、と宇頭が皮肉な笑みを浮かべた。

「全国から集められた優秀な消防士？　話が違うぞ。体力で班を分けた方が効率的だと、寝言を言ってたのは誰だ？　こっちはメジャーリーガーが来ると思って期待していたのに、やってきたのはリトルリーグの選手だ。がっかりさせるな」

止めなさい、と雅代が制した。

「改めて伝える。辞退を希望する者は所定の用紙に記入し、総務に提出のこと。いいわね？」

待ってください、と夏美の斜《なな》め前の席に座っていた芝村が手を挙げた。

「こんなやり方はないでしょう。ぼくたちは今日初めてギンイチに来たんです。走れと命じられたら、従うしかありません。これはパワハラです。ぼくたちを何だと思ってるんですか？」

優秀な消防士を育成する義務が我々にはある、と村田が口を開いた。

「お前たちはエース級の消防士だ。だから上長が推薦した。優秀な消防士なら、パワハラがどうしたと愚痴《ぐち》を言うはずがない。お前たちの上長の目は節穴か？」

甘かったのは認めます、と大柄な男が立ち上がった。港《みなと》区第三消防署の岸《きし》野豊《のゆたか》だ。都の技術大会の〝はしご登はん〟で優勝していたため、夏美も顔を知っていた。

「火災現場では一瞬の隙《すき》が命取りになります。もう油断しません。自分は残ります」

しばらくざわめきが続いた。不満がある者もいるはずだが、席を立つ者はいなかった。

夏美はただ座っていた。立つことができないほど疲れていた。

何度でも言うが、と村田が講義用デスクを拳で叩いた。

「ギンイチでは実戦を想定して訓練を行なう。現場では何が起きるかわからない。こんなやり方はない、不意を突かれた、そんな言い訳が炎に通じると思ってるのか？　これから三カ月間、ろくなことはないが、それでも残るというなら止めはしない」

ざわついていた大会議室が、水を打ったように静かになった。

午後の訓練は総務からストップがかかった、と村田が言った。

「施設案内、寮生活の説明もあるから、明朝までお前たちを総務に預ける。その前に、ひとつだけ話しておく」

今までの例から言えば、三カ月後に残っているのは数人だ、と村田が全員の顔を順に見た。

「厳しい訓練が続く。ついてこれない者もいるだろう。辞めたい奴は勝手に辞めろ。止めたりはしない。だが、こちらから辞めろとは言わない。それこそパワハラだろう」

自主性に任せるということですか、と一人が質問したが、どう考えてもいい、と村田が肩をすくめた。

「消防士にとって重要なのは、体力や技術、知識だけじゃない。それはわかったな？　体や頭は鍛えれば何とかなるが、心はどうにもならない。俺は死ぬのが怖い。だから、信用できる者だけを選ぶ」

村田の言葉は尖ったナイフそのものだった。刃先を喉に突き付けられているようで、夏美は体を強張《こわば》らせた。

「最終日に面接をする」

質問はひとつだけだ、と村田が指を一本立てた。

「何を聞くか、教えておこう。考える時間は長い方がいいからな……誰でも知ってる簡単な問いだ。いいか、お前たちは海でボートに乗っている。母親と恋人が一緒だ。突然海が荒れ、母親と恋人が同時にボートから落ちた。救えるのは一人だけだ。どちらに手を伸ばすか、それを問う」

大会議室にざわめきが広がった。静かに、と村田がデスクを二度叩いた。

「相談したって構わないし、検索でも何でも好きにしろ。ただし、この問いには正解がある」

制服の胸ポケットから、村田が二つに折った小さな紙片を取り出した。

「答えは柳に預けておく。この中で一番口が堅《かた》い。他の三人は信用できん」

冗談がきついですと苦笑した金井に、俺は真剣だ、と村田が口元を曲げた。

「男は情に弱い。三カ月訓練期間を共にすれば情がわく。ほだされて正解を教えるかもしれん。その点、柳は信用できる」

預かります、と雅代が紙片を受け取った。話は以上だ、と村田が言った。

「すぐに総務が来る。それまで座ってろ」

村田を先頭に、五人の教官が大会議室を出て行った。口を開く者はいなかった。

5

五分後、制服姿の男性と女性職員が入ってきた。男の胸のプレートに、潮田《しおた》と名前があった。

潮田の指示で、風間班から順に大会議室を出た。階段で一階へ降り、裏口から百メートルほど歩くと、三階建ての建物が立っていた。外観はマンションと変わらない。

別館です、と潮田が低い声で言った。

「全員、入ってください……大災害発生時には全国から消防士、救急隊員が集まりますが、そのための宿舎です。今回の研修では、寮として使用します」

エントランスから入ると、廊下の左右にいくつもドアがあった。潮田が無造作にそのひとつを押し開けると、九畳ほどの狭い空間に三段ベッドが四つ並んでいた。ベッド間の距離は一メートルもない。

「各班の部屋です。奥のベッドのみ、簡易パーテーションがありますので、女性消防士はそちらへ。ベッドにはカーテンがついていますから、閉じればプライバシーは守れます。起床は五時、その後六時から本館二階の大食堂で朝食、訓練は七時スタートです。明朝以降、携帯電話、タブレット等通信機器の使用を禁じます。質問は？」

狭いですね、と一人が低い声で言ったが、それは質問じゃありません、と潮田が首を振った。

女性職員が各班の部屋を班長に伝え、二人が別館を出て行った。

杉本が部屋のドアを開け、夏美たちは中に入った。まるでタコ部屋だな、と杉本が手前のベッドの下段に腰を下ろした。

「仮眠室はどこも似たようなもんだが、ここで三カ月過ごせと？」

トイレはどこだと室内を見回していた怒り肩の男に、廊下の奥だろう、と杉本が顎先をドアに向けた。

「その前に自己紹介だけしておこう。俺が班長ってことらしい。杉本洋平、二十九歳。横須賀《よこすか》北消防署で士長を務めている。あんたは神谷夏美だな？」

うなずいた夏美に、女性消防士は二人だけだ、と杉本が言った。

「名前を覚えるのは得意でね。あんたは？」

金沢《かなざわ》第二消防署の剣崎茂《けんざきしげる》、とやせ形の男が舌打ちした。

「階級は副士長。年は同じだが、消防では階級がすべてだ。班長に従うさ」

杉本が顔を向けると、世田谷《せたがや》消防署の鰐口《わにぐち》です、とやや背の低い男が口を開いた。表情に少年っぽさが残っている。二十五、六歳だろう、と夏美は思った。

広島 橘《たちばな》消防署の峠《とうげ》じゃ、と怒り肩の男がドアに目をやった。

「もうええか？　我慢できん。小便が漏れる」

峠が廊下に飛び出していった。好きなベッドを選べ、と杉本が靴を履《は》いたまま寝転がった。

「一度決めたら、そこが指定席だ……酷《ひど》いレースだったな、昼飯どころじゃない。少し休もう」

杉本が備え付けのカーテンを閉めた。顔を見合わせた剣崎と鰐口がそれぞれのベッドで横になった。

神谷、と剣崎が言った。

「三段ベッドを一人で使えていいな。世の中、男女平等とうるさいが、女の方が優遇されてないか？」

うるさいぞ、と杉本のベッドから声がした。夏美は足を引きずり、奥のベッドへ向かった。折り畳み式のパーテーションを開き、ベッドに腰を下ろした。腕にも足にも力が入らない。全身が鉛《なまり》のように重かった。

枕元にあったフリーサイズのジャージに着替えようとしたが、指が震えて消火服を脱ぐことができない。諦《あきら》めて安全靴だけを脱ぎ、そのまま体を倒した。疲れ切っているのに、目だけは冴《さ》えていた。

もう寝とんのか、とドアが開く音と峠の声が重なった。

「わしはどこで寝りゃええんじゃ？」

勝手にしろ、と杉本が欠伸交じりに言った。小便がうまく出よらん、と峠が長い息を吐いた。

「尿意はあるんじゃが、どうにもならんかった……わかっちょる、もう喋《しゃべ》らん」

三段ベッドの階段がきしむ音とほぼ同時に、鼾《いびき》が聞こえた。夏美は目をつぶり、ため息をついた。

6

一時間が経った。男たちの寝息が聞こえる。眠れないまま、夏美はそっと部屋を出た。

別館から本館へ向かい、フロア案内板で確認して階段で三階へ上がった。警防部、と記《しる》されたプレートがあるオープンスペースの部署に足を踏み入れると、パソコンを見ていた雅代が顔を上げ、奥の小会議室を指さした。

「入りなさい」

夏美はドアを開けた。長机と数脚のパイプ椅子があるだけの小さな部屋だ。

失礼しますと言って、パイプ椅子に夏美は腰を下ろした。長机の向かいに雅代が座った。

「辞めたいのね？」

前置きはなかった。小さくうなずくと、止めはしない、と雅代が言った。

「過去三回、トータルで十人の女性消防士が研修に参加した。残った者は一人もいない」

「……そうですか」

誰だって辞める、と雅代が眼鏡を外し、眉間を指で強く押さえた。

「今、警防部にはわたしを含め、五人の女性消防士がいる。ギンイチ設立時に、推薦で勤務が決まった。ここは国と都が合同管理する消防署で、女性消防士がゼロというわけにはいかない。だから、基準が緩《ゆる》かった。最初は三十人いたけど、次々に辞めていった」

「はい」

三月末に他の四人も辞める、と雅代が言った。

「年齢、経験、どちらもわたしが一番上で、気づくとまとめ役になっていた。消防司令補に昇進したのは、そのためもあった。わたしにはそれだけの能力があるし、当然の処遇だと思っている……他の女性消防士から、ずっと相談されていた。ついていけない、辞めたいと何度泣かれたかわからない」

「……はい」

彼女たちの気持ちはわかる、と雅代がうなずいた。

「東京消防庁には約一万八千人の消防吏員《りいん》がいる。消防本部として、世界最大級の規模と言っていい。その管轄下で最大の人数を擁《よう》しているギンイチは世界一の消防署で、当然だけど所属する消防士には高い能力が求められる」

「はい」

現場のトップは村田司令長、と雅代が眼鏡をかけ直した。

「もうわかったでしょ？　あの人は限度を知らない。最強の消防軍団を作るためなら、悪魔に魂《たましい》を売り渡しかねない」

村田司令長の頭に男女や年齢という考えはない、と雅代がため息をついた。

「あの人が求める水準に達していなければ、男でも女でも容赦なく切り捨てる。先輩でも階級が上でも関係ないし、忖度《そんたく》もない。消防士には経験が必要だけど、誰にでも年齢の壁がある。五十歳で筒先を握れる者は数パーセントしかいない。無理だと判断すれば、誰であっても外す」

なぜです、と夏美は雅代を見つめた。

「村田さんは司令長に過ぎません。人事には口を出せないはずです」

そんな権限はない、と雅代が苦笑した。

「でも、現実問題として、村田さんより能力の高い消防士はいない。ギンイチは東京を襲う大災害に備えて設置された。その時、最前線で指揮を執るのはあの人よ。ギンイチは特殊な消防署だから、実力本位の人事を行なう。自分より適任だと思う消防士が現れたら、あの人はあっさり退く。異常なほど公平で、私心がない。人命救助と消火しか考えていない本物のプロだと誰もがわかっているから、村田さんの指示が絶対になった」

　でも弊害もある、と雅代が話を続けた。

「あの人が求める水準は高すぎる。プレッシャーに負けた女性消防士が先週辞めたのは話したわね？　ドミノと同じで、一人が倒れたら他も崩れる」

　わたしには無理ですと言った夏美に、そうかもしれない、と雅代がうなずいた。

「お父さんのことは聞いている。あなたが消防士を志した理由もね」

「はい」

　ひと月前、大沢署長の指示でわたしは八王子に行った、と雅代が言った。

「あなたの資質を確認しろと命じられたけど、無理だと思うと報告した。あなたの消防士としての能力は最低ラインに近い。お情けで合格させても、あなたのためにならない。他の消防士が命を落とすリスクもある。だから、無理だと言った」

「自分でもそう思います」

　あなたを研修に参加させるべきか、最後まで大沢署長は迷っていた、と雅代が首をすくめた。

「上層部の意見も割れていた。最終的に意見を聞かれて、研修に参加させるべきと答えた」

「どうしてです？　無理だと報告したんですよね？　それなのに――」

　体力は消防士の適性のひとつに過ぎない、と雅代が夏美の目を見つめた。

「明日からの訓練は自衛隊の特殊部隊並みで、そんな消防署は日本のどこを探してもない。九十九パーセント、あなたは脱落する。でも、あなたには消防士の心がある。それに賭《か》けたくなった」

挨拶《あいさつ》しかしていないのに、と夏美は目を伏せた。

「わたしの何がわかると？」

何も、と微笑《ほほえ》んだ雅代が一枚の紙を差し出した。

「この書類に名前を書けば、八王子に戻れる。今、書いてもいい。でも、少しでも迷っているなら、保留という手もある。今日中に結論を出す理由はない」

雅代がボールペンを長机に置いた。

「わたしは八時までデスクにいる。あなたがこの書類を持って来たら、何も言わずに判子をつく……食事をしてから考えなさい。時間はたっぷりある」

雅代が小会議室を後にした。夏美はボールペンを見つめた。

fire 3　訓　練

1

消防士の勤務形態は自治体によって違う。大きく分けると隔日勤務と毎日勤務だが、消防士は圧倒的に前者が多い。後者は主に事務職員だ。

隔日勤務には二部制と三部制がある。どちらを採用するかは、自治体の判断による。

二部制では所属する消防士を二班に分け、A班、B班が交替で勤務につく。三部制では班が三つになるが、その場合消防士の休みが不規則になるので、メインは隔日勤務の二部制になる。

ギンイチも二部制を採用しているが、研修生は休日がなかった。警察学校と同じで、三カ月間外部との接触を断つことで、適性を確かめる狙いがあるのだろう。

スケジュールは毎日同じだ。朝六時に朝食、七時から十二時まで訓練、一時間の昼休憩を挟み、五時まで再び訓練が続く。

二月二日、朝四時五十五分、夏美は目を開けた。ベッドのカーテンを開けると、常夜灯のオレンジの光が室内を照らしていた。窓の外はまだ暗かった。

五分後、枕の下に置いていた腕時計のアラームが鳴った。パーテーションの向こうで、呻《うめ》くような男の声がいくつか重なった。

おはようございますと声をかけると、おお、と杉本が低い声で返事をした。眠い眠い、という峠の声が聞こえた。

「あの……トイレに行きたいんですが」

勝手にしろ、と剣崎が言った。

「二月だ。俺たちも裸《はだか》で寝てるわけじゃない。気にするな」

念のためです、と夏美はジャージの上にウインドブレーカーをはおり、パーテーションを抜けて部屋の外に出た。素足でスニーカーを履いているので、つま先が冷たかった。

小さな消防署でも、男性消防士と女性消防士の仮眠室は分かれている。ギンイチ本館も同じだが、別館に研修用の女性仮眠室を作るつもりはないようだ。

部屋に洗面台がついているが、杉本たちも顔を洗い、歯を磨《みが》き、髭《ひげ》を剃《そ》る。待っているより、トイレに行った方が早い。

顔を洗い、歯を磨いているとドアが開いた。入ってきたのは梶浦美佐江だった。

「残ったの？」横に並んだ美佐江が勢いよく顔を洗い始めた。「辞めると思ってた。昨夜《ゆうべ》、食堂に来なかったでしょ？」

食欲がなくてと答えた夏美に、あたしも同じ、と美佐江が言った。

「本当は辞退するつもりだったけど、柳司令補と話して、一週間だけ試してみようって……辞めるのはいつでもできる。だけど、あなたが残るとは思わなかった」

わたしもですと言うと、美佐江が噴き出した。よほどおかしかったのか、笑い声が長く続いた。

「何よ、他人事《ひとごと》みたいに……食事だけはきちんと摂《と》った方がいい。座学も含めてだけど、一日九時間の訓練よ。これからはもっと厳しくなる……何歳だっけ？」

「二十六歳です」

二つ下か、と美佐江がタオルで顔を拭《ぬぐ》い、頭を振った。男のような仕草だった。

「無理は禁物よ。はっきり言うけど、あなたには厳しいと思う」

わかってます、と夏美はうなずいた。美佐江は身長百七十二センチと背が高く、ジャージの上からでもわかるほど筋肉質だ。

肩幅が広く、手足が長い。水泳の選手だったのではないか。体育大出身の女性らしく、さっぱりした気性《きしょう》のようだ。

フォローすると言いたいけど、と美佐江が苦笑した。

「そんな余裕はない。自分のことで精一杯。でも、女はあたしたち二人だけ。何かあったら相談してよ。あたしもするから」

ありがとうございますと頭を下げると、歯ブラシをくわえた美佐江がトイレの個室に入っていった。

夏美は洗面台に手をつき、鏡を見た。疲れ切った顔が、そこに映っていた。

2

多くの消防署では、朝昼晩、三食を消防士が作る。弁当を持参したり、コンビニで買うこともあるが、自炊《じすい》は消防の伝統で、料理上手の消防士も多い。

ただ、大規模消防署には食堂が設置されている。ギンイチの消防士も、食事は本館二階の食堂で摂ることになっていた。

気分が悪くて、夏美は丸一日何も食べていなかった。朝六時、杉本たちと本館二階の食堂に入ると、席の半分ほどが埋まっていた。ジャージを着ているのは研修生、私服姿の者はギンイチの消防士だ。

入り口にあったトレイを持って列に並ぶと、ガラスケースの中に何種類もの料理が並んでいた。杉本と剣崎、峠と鰐口が煮魚や肉ジャガ、オムレツやベーコンの皿をトレイに載せている。サラダやパン、唐揚げやトンカツなど揚げ物も揃っていた。

ビジネスホテルの朝食の比ではない。メニューの充実ぶりは、惣菜《そうざい》専門店のようだ。

卵焼きと鮭《さけ》の塩焼きをトレイに載せ、夏美は三つ並んでいる大型の炊飯ジャーから丼《どんぶり》に白飯をよそい、脇にあった納豆のパックを取った。

こっちだ、という杉本の声に従って進むと、奥のテーブルに十人ほどの研修生が座っていた。どの席でもいいと言われたが、と杉本が苦笑を浮かべた。

「先輩方の隣ってわけにもいかない。研修生は隅っこがお似合いってことだ」

ギンイチの消防士たちのテーブルとは二列離れている。目に見えない線が引かれていた。

無言で男たちが箸《はし》を動かしている。席と炊飯ジャーを往復して、ごはんをよそう者もいた。

数人が夏美に目を向けたが、ほとんどが無視だった。さっさと辞めろ、と言いたいのだろう。女には無理だ、と誰の顔にも書いてあった。

大盛りの丼を二杯食べ終えた杉本がコップに薬缶《やかん》の茶を注《つ》ぎ、四人で話したんだが、と剣崎、峠、そして鰐口に目をやった。

「最初に言っておいた方がフェアだろう。神谷、お前の体力レベルは研修生の中で最も低い。辞退しろとは言わない。それは自分で決めることだ。だが、お前のフォローはできない。そのつもりでいてくれ」

孤立の二文字が頭に浮かんだが、それには慣れていた。八王子でも、男性消防士との間にはっきりと壁を感じていた。

突き放した言い方だが、杉本の言葉には情があった。陰口ではないから、気分は悪くなかった。

「無理だと思ったら、すぐに辞めます。フォローしてください、助けてください、そんなことは言いません」

話はそれだけだ、と杉本が時計に目をやった。

「六時半か……今日は基礎体力テストをする、と昨夜宇頭さんがここで話していた。ジャージでいいとも言ってたが、聞いたか？」

柳さんに聞きました、と夏美は答えた。戻ろう、と杉本が言った。

「五分前集合は消防の基本だ。時間はない」

了解です、と鰐口が立ち上がった。夏美は返却口にトレイを置き、急ぎ足で食堂を後にした。

3

六時五十五分、研修生全員がグラウンドに整列した。強い北風が吹いている。

雅代は全員の顔を順に見た。表情が硬い。緊張が伝わってくるようだ。

七時のサイレンが鳴り、村田がグラウンドに現われた。総員注目、と宇頭が叫ぶのと同時に全員が両足の踵《かかと》をつけ、顎を引いてまっすぐ前を見た。

「休め」

宇頭の指示に、全員が僅かに足の間隔を開けた。今から基礎体力テストを行なう、と村田が言った。

「目的は各員の体力レベルの把握《はあく》だ。自己ベストを更新するつもりでやれ。まずは体慣らしにグラウンド二周。始めろ」

風間班を先頭に、他の三班が走りだした。終わったら柔軟だ、と村田が雅代を手招きした。

「昨日話した通り、百メートル走、筋力テストの順番でやる。夕方までかかるだろう。記録を頼む」

大沢署長から伝言があります、と雅代は言った。

「採用のための研修だと村田に念を押しておけ……このままでは全員辞退すると考えたようです。わたしの意見も同じで、ギンイチの水準を保ちたいのは理解できますが――」

潰すつもりはない、と突っぱねるように村田が言った。

「だが、どこまでできるのか、確認しておく必要はある。相変わらず署長は心配性だな。俺ぐらい優しい男はいない。知ってるだろ？」

ため息をついて、雅代はタブレットの画面をスワイプした。全員の名前が一覧になっている。後は空欄に数字を入力するだけだ。

「金井、百メートル走の準備は？」

声をかけた村田に、終わってます、と金井が答えた。

「改めて全員のデータを見ましたが、過去三回の研修生より優秀ですね。インターハイや国体の出場経験者も多いですし、技術大会でも好成績を残しています。期待できるんじゃないですか？」

ここはアスリート養成所じゃない、と村田が鼻で笑った。

「百メートルを十秒フラットで走れても、火災現場では役に立たん。九秒台なら、ギンイチじゃなくオリンピックを目指した方がいい」

四分後、全員がグラウンドを二周走り終えた。昨日のレースで懲《こ》りたのか、力をセーブしていたので、息を切らしている者はいなかった。

風間班、と大久保が手を叩いた。

「今から百メートルのタイムを測る。各班同じだが、二本走れ。一本目は慣らしで、二本目が本番だ。いいな？」

はい、と全員が大声で叫んだ。コースはあそこだ、とグラウンドのトラックを大久保が指した。宇頭が手を振っている。

「風間班の五人は位置につけ。その後芝村班、殿山班、杉本班の順だ。風間、準備はいいか？宇頭教官の合図でスタートしろ」

五人が白線の上に並び、スタート位置についた。ゴー、と宇頭が叫ぶのと同時に走りだす。全員があっと言う間にゴールした。

雅代はストップウォッチに目をやった。トップの風間は十三秒五一、他の四人も十四秒台だ。芝村班も殿山班も大きな差はなかった。殿山班の梶浦美佐江は十六秒七二、男性消防士と比べ、それほど遅くはない。

最後にスタート位置についたのは、杉本班の五人だった。一番奥に立っている夏美の顔が青くなっていた。

「ゴー！」

宇頭の合図に、五人がスタートを切った。先頭は剣崎で、十三秒九五という好タイムだ。

約一秒後、杉本、峠、鰐口の順でゴールしたが、夏美は八十メートル地点を走っていた。ゴールタイムは十七秒六四だった。

冗談だろ、と村田がつぶやいた。女子高校生陸上部員の全国平均は十四秒台後半だから、約二秒遅い。

夏美に近づき、焦らなくていいと言った雅代に、二本目だ、と村田が怒鳴った。

「他の種目もある。無駄な時間を使うな」

並べ、と宇頭が苦笑を浮かべた。風間を先頭に、他の四人がスタートラインについた。

「ゴー！」

宇頭の声に、五人が走りだした。一本目とは形相が変わっている。我先にとゴールに向かっていた。

群を抜いて速いのは風間だった。タイムは十一秒四四、トレーニングを積めば、余裕で十一秒を切るだろう。

他の四人も、一本目よりタイムを縮めていた。全員が十三秒台だから、ハイレベルと言っていい。

続いた芝村班、殿山班の各員も、風間にこそ及ばなかったが、ほとんどが十三秒台、数人は十二秒台の前半だった。遅くても十四秒台、美佐江も十五秒〇二だから、遜色《そんしょく》のないタイムだ。

「ラスト、行きます」宇頭の声が風でちぎれた。「杉本班、位置につけ……ゴー！」

先頭の剣崎が十二秒フラット、杉本が十三秒一二、峠と鰐口は同タイムの十三秒五七だ。夏美がゴールしたのは約三秒後で、タイムは十七秒〇二だった。

膝に手をついた夏美が肩で息をしている。雅代は無言でタブレットに数字を入力した。

4

ビブス順に二人一組になれ、と宇頭が怒鳴った。

「今から筋力テストを行なう。メニューは腹筋、懸垂《けんすい》、ハードルくぐり、腕立て伏せ、握力テスト、長座体前屈、立ち幅跳び、ロープ登り、反復横跳び、最後はクロス腹筋だ。各種目のインターバルは十分、ビブスの番号の大きい方が先にやれ。各員、パートナーの回数を記録、ストップがかかるまで続けろ」

グラウンドに全員が距離を置いて並んだ。近づいてきた雅代が、深呼吸しなさい、と顔を覗《のぞ》き込んだ。

夏美は大きく息を吸い込み、ゆっくりと吐いた。全力で百メートルを走ったため、酸素不足で頭痛がした。

「柳さん、わたしは――」

座って、と雅代が鰐口に目をやった。

「三十秒で腹筋二十五回。休憩は十秒、手が離れたら終わり。いいわね？」

「はい」

最初の十回を素早くやること、と雅代が囁いた。

「他の研修生は気にしなくていい」

鰐口が足首を強く摑んだ。始め、と宇頭が怒鳴った。

夏美は上半身を起こし、すぐに倒した。十回は五秒でできる。その後五秒休めば、体力が回復する。

「二十秒」

宇頭の声がした時、夏美は二十五回を終えていた。だが、次のセットで腹筋が引きつる感覚があった。痛みが負荷となり、思うように上半身が上がらない。

十五秒と宇頭がカウントしたが、十回しか終わっていない。残り十五秒で十五回だ。ペースを速めるしかない。

時間ぎりぎりで、夏美は二セット目の二十五回の腹筋を終えた。あっという間に十秒が過ぎると、始め、と宇頭が怒鳴った。

腹部が痛み、気分が悪くなったが、堪えて腹筋を続けた。三セット目を乗り切った十秒後、四セット目が始まった。粘《ねば》っこい脂汗《あぶらあせ》が額《ひたい》に浮かんだ。

突き刺すような痛みが腹部全体を覆っている。苦しさのあまり、涙が溢《あふ》れた。

持ち上げた上半身が激しく痙攣し、夏美は組んでいた両手を離した。ナイフで何度も刺されたようで、呼吸ができなくなった。

これは基礎体力を調べるためのテスト、と雅代が両手をメガホンにして叫んだ。

「百回できなければ落とすわけじゃない。今後の訓練のために、全員のレベルを知っておく必要がある。辛《つら》かったら止めていい」

四セット目が終わると、一人、また一人と脱落者が出たが、八セット目になっても六人が残っていた。美佐江もその一人で、ペースは最初から変わらなかった。

十セット目で二人が手を離し、十二セット目に入ったところで美佐江も地面に体を投げ出した。十五セットまで続けたのは、杉本と殿山だけだった。

ストップ、と宇頭が手をクロスすると、二人が素早く立ち上がった。ダメージを感じさせない動きだった。

「各員、交替」五分後再開する、と大久保が言った。「それまで休め」

はい、と大声で全員が返事をした。夏美は腹を押さえたまま、うなずくことさえできずにいた。

5

全員の腹筋が終わったのは、十五分後だった。夏美が足を押さえた鰐口は八セット目を終えると、止めます、と苦笑を浮かべたが、目標をクリアしたのだろう。

他の研修生も十二セットでストップした。まだテストは続くから、体力を温存した方がいいと考えたようだ。

ついてこい、と宇頭が怒鳴った。グラウンドの中央に模擬訓練用の建物があり、その横に二台の鉄棒が設置されていた。

座ってよし、と金井が言った。

「風間班から、二名ずつ懸垂をやれ。目安は二十回。レベルがわかればいい」

二十回、と峠が肩をすくめた。それぐらい余裕だ、と言いたいようだ。

二十人の中で最も体力がないのは自分だ、と夏美は体育座りのまま顔を伏せた。百七十センチ台の者も数人いるが、ほとんどは百八十センチ以上、百九十センチを超える者もいた。

筋肉量は体格に比例する。男性と比較して、女性は筋肉量が少ない。競い合ったところで勝てるはずもなかった。

勝ち負けを争う場ではないが、無言の圧を感じていた。消防士はチームで動く。一人でも体力の劣る者がいれば、そこが穴になる。

穴を埋めるために、他がカバーするのは本末転倒だ。すべての訓練は、穴のないチームを作るために行なわれる。

ウイークポイントを抱えたままだと、消防隊は機能しない。一人のために、隊が全滅する恐れもある。

もちろん、男性と互角の体格、身体能力を持つ女性もいるし、体格イコール体力ではないから、単純な比較はできない。少数だが、火災現場で活躍する女性消防士もいる。だが、夏美には消防士としてフィジカル面の適性がなかった。平均以下どころか、最低の水準にすら達していない。これ以上続けて、意味はあるのか。

そのまま聞け、と村田が鋭い目を全員に向けた。

「多くの消防ＯＢが精神力の重要さを語る。燃え盛る炎に飛び込むには、勇気がすべてだと説く。消防学校でそう教えられたこともあるだろう。だが、はっきり言っておく。消防士に勇気は不要だ」

全員が顔を見合わせた。顔も名前も知らない誰かを救うために消防士になった、と村田が先を続けた。

「そうだな？　その心構えは否定しない。だが、勇気で炎は消せん。人命救助のためなら装備なしで炎に突っ込むという奴もいるが、それはただの馬鹿だ。勇気や度胸を誇る奴を信じるな。死を見つめて、怖さを知れ。誰よりも速く逃げろ。それこそが勇気だ」

時計に目をやった村田が、始めろと命じた。風間と山岡《やまおか》、と大久保が風間班の二人を指さした。

6

消防士採用試験は自治体単位で実施される。体力試験の種目は自治体によって異なる。

多くの場合、懸垂は種目に含まれない。握力、腕立て伏せ、腹筋で最低限の体力はわかるし、怪我を負う確率の高い懸垂を種目に加える意味はない、という考え方が一般的だ。

ただし、採用後は懸垂の訓練が必須となる。火災現場では単なる腕力ではなく、資機材を引く力が必要になるためだ。

男性は十五回、女性は八回が目安だが、二十回と金井が言ったのは、ギンイチのレベルの高さを示す意味があるのだろう。

簡単にクリアできる回数ではない。消防士のほとんどは一般人と比べて体格がいいが、その分体重が重い。

ベンチプレスでバーベルを持ち上げる時は、下半身、脚力もその支えになるが、懸垂では腕力だけが頼りだ。どれほど鍛えても、二十回の懸垂は厳しい。

だが、男たちの顔に不安の色はなかった。自信があるのだろう。

夏美は視線をずらした。斜め前で、美佐江が手首を回していた。

鉄棒の高さは約二・五メートルだ。三十センチほどの台がその下にある。

台の上に立った風間と山岡が合図でジャンプし、バーに摑まった。始め、と大久保が命じると、二人が体を持ち上げ、バーの上に顎を出した。それぞれ自分のタイミングがあるので、大久保も回数はカウントしなかった。

十回まで二人のペースは変わらなかったが、それを境に山岡の表情が歪み始めた。ジャージのファスナーが途中までしか閉まらないほど胸筋が発達しているが、体重が仇《あだ》になっているようだ。

山岡が十四回目を終えた時、二十回をクリアした風間がバーから手を離した。

「山岡、できるぞ！　諦めるな！」

鼓舞《こぶ》するように、数人が拳を突き上げた。顔を真っ赤にした山岡が必死で体を持ち上げる。夏美も両手を強く握った。

自分の限界を超えると、次の一回はそれまでと比較にならないほど辛くなる。腕力だけではなく、精神力の戦いだ。

「畜生《ちくしよう》！」

十九回目で山岡が叫んだ。いける、という大声がグラウンドに響いた。

バーを握り直した山岡がじりじりと体を持ち上げ、顎がバーの上に出た。ストップと大久保が叫ぶのと同時に手を離し、台の上に落ちた。

注目、と大久保が怒鳴った。

「繰り返す。今日のテストの目的は、各員の体力レベルの把握にある。二十回と言ったが、目標と考えろ。こんなところで意地を張るな」

お前たちを潰すためのテストじゃない、と大久保の隣に立った宇頭が苦笑した。

「消防士に求められるのは総合的な体力だ。誰にだって得意、不得意はある。絶対に無理はするな」

次々に男たちがバーに飛びついていった。心のどこかに、競争意識がある。二十回がクリアできず、バーを摑んだまま悔し泣きする者もいた。

「梶浦、長崎《ながさき》、始めろ」

全員の視線が美佐江に集まった。女性で懸垂を易々《やすやす》とこなせる者はめったにいない。女性として百七十二センチは長身だが、体格はほとんどの男性消防士に劣る。

二人がバーに飛びつき、懸垂を始めた。美佐江のペースは長崎と変わらない。五回、六回、七回。

美佐江の腕が震え出したのは、十回をクリアした時だった。苦しそうな表情が浮かんでいる。十三回目で、ストップと雅代が叫んだ。駆け寄った宇頭と大久保が美佐江の体を支え、下に降ろした。

唇の端から、血が顎に伝っている。歯を食いしばった時に切ったのだろう。

大丈夫かと言った宇頭の手を美佐江が払った。何もなかったように列に戻り、そのまま膝を抱えた。肩が小刻みに震えている。

その後、男たちが懸垂に挑み、ほとんどが二十回をクリアした。最後に名前を呼ばれたのは、夏美と鰐口だった。

台に立つと、バーが遥《はる》か上に見えた。手を伸ばしても、二十センチ以上高い。補助する、と宇頭が夏美の腰を手で支えた。

「駄目だと思ったら手を離せ」

耳元で囁いた宇頭が夏美の体を持ち上げた。バーを摑むと、始め、と大久保が号令をかけた。

夏美は両腕に力を込め、バーの上に顎を出し、体を降ろした。隣で鰐口が五回、十回と回数を重ねたが、夏美は何もできず、バーにぶら下がっているだけだった。

止めろ、という村田の声に、夏美はバーから手を離した。台の上に降りた自分の体が、他人のそれのようだった。

腕の感覚がなくなっている。手のひらが血の気を失っていた。

下がれ、と村田が命じた。夏美は顔を伏せたまま、列に戻った。

鰐口が二十回をクリアして、台に降りた。拍手が起きたが、夏美は指一本動かせなかった。

7

ハードルくぐり、腕立て伏せ、反復横跳びと各種目が続き、昼休憩を挟んで握力テスト、長座体前屈、立ち幅跳び、ロープ登り、最後にクロス腹筋で全メニューが終了した。

体の柔軟性を測る長座体前屈と反復横跳び以外の種目で、夏美は最下位だった。ロープ登りに至っては、ただしがみついていただけだ。

午後四時半、会議室への集合が命じられ、二十人の消防士が席に着いた。私語を交わす者はいない。話す気力もないのだろう。

(最初からわかってた)

夏美は机の一点を見つめた。八王子第七消防署でも、体力訓練の時は別メニューだった。他の消防士とレベルが違い過ぎるためだ。

火災現場に出場した際、小火レベルの火事以外、先頭で筒先を握ったことはなかった。他の消防署でも、女性消防士は後方支援がほとんどだ。

肩を落としていると、入ってきた村田が無言で会議室を見回した。不機嫌そうな表情が浮かんでいた。

総員の体力レベルはわかった、と村田が口を開いた。

「所属していた消防署ではエース扱いだと聞いていたが、この程度か、としか言いようがない。このままだと、研修終了時に採用される者は一人もいないだろうが、始まったばかりだ。期待していないとは言わないが、何人かは残るかもしれん」

質問があります、と美佐江が手を挙げた。

「わたしはギンイチに入るために努力してきました。訓練が厳しいのは当然ですが、男性と女性が同じ扱いなのは違うと思います。体格差は努力で埋まりません。それが採用の基準なら――」

梶浦美佐江、と村田が言った。

「二十八歳、身長百七十二センチ、体重六十八キロ、体育大学卒、水泳で国体出場経験あり……お前の基本データはそんなところだ」

「はい」

六十八キロの女性のベンチプレスの平均値は五十キロ、と村田が片手を開いた。

「体育大卒、水泳選手だったお前は優秀なアスリートと言っていい。トレーニングも重ねているはずだ。ベンチプレスの記録は百十キロ前後か？」

百二十キロです、と美佐江が胸を張った。宇頭の体重は八十二キロだ、と村田が視線を横にずらした。

「お前が宇頭とバディを組み、火災現場に入ったとしよう。アクシデントが起き、宇頭が意識を失った。四方は炎で囲まれている。一刻も早く退避しなければならないが、宇頭の体重と消火服等装備を合わせれば百キロを優に超える。一二〇キロのバーベルと、意識不明の人間の体が違うのはわかるな？」

「はい」

選択肢は二つ、と村田が指を二本立てた。

「宇頭を背負って退くか、見捨てて一人で逃げるか、そのどちらかだ。お前の場合、正解は後者になる。前者を選べば、二人とも死ぬ。一人だけでも生きて戻った方がいい。だが、そんなバディに命は託《たく》せない。何度でも言うが、俺の要求する水準に達していれば、中学生でも採用する。限界を見極めるのが俺の仕事だ」

美佐江が手を下ろした。立て、と村田が殿山に目をやった。

「体力テストの結果、お前は総合力でトップだった。体重は八十六キロだな？　ベンチプレスなら、一五〇キロでも楽勝だろう。宇頭一人なら背負って退避できるかもしれん。だが、火災現場に突入するのは三人、それ以上ということもある。ガス爆発、爆風、理由は何でもいいが、お前以外の消防士全員が倒れたらどうする？　二人でもトータル二百キロ以上だ。ウエイトリフティングのメダリストでも、火災現場では二人を救えない。見捨てて逃げるか？」

　いいえ、と殿山が答えた。当たり前だ、と村田が言った。

「消防士は要救助者を見捨てない。絶対にだ。やむを得なかった、どうしようもなかった、そんな言い訳をする奴は今すぐ出て行け。俺は現場で死ぬ消防士を許さん。一歩現場に入ったら、消防士は全員が要救となる。要救の命を守るのが俺たちの仕事だ。そのためには何が必要だ？」

　諦めない心ですと言った殿山に、精神力で人は救えない、と村田が首を振った。

「消防士に根性論は無縁だ。竹槍《たけやり》一本で戦車に突っ込むような馬鹿は今すぐ帰れ。いいか、諦めないのは消防士なら誰でも同じだ。何よりも重要なのはここだ」

　村田がこめかみを指先で指した。

「どうすれば助かるか、知恵を振り絞って考えろ。体力だけではどうにもならない。無事に生還するには、考え抜く力が必要だ。状況を把握し、助かるために使える物を探せ。近くには必ず仲間がいる。誰もが要救を救うために命を懸けている。仲間を信じろ。決して諦めるな」

　ただし、と村田が左右に目をやった。

「それは最低限の体力があっての話で、ない者は消防士を辞めた方がいい」

　何人かが振り返る気配に、夏美は強く目をつぶった。誰かの命を守るためには、と村田が会議室を見渡した。

「どうしたって体力がいる。消防を辞めろと言ってるわけじゃない。救急救命士という道もある。事務方も大事な仕事だ。彼らがいなければ、消防士は何もできない。炎を消すしか能がない消防士より、よっぽど立派な仕事だ。誰にでも向き不向きはある。自分の適性をよく考えろ」

今後は各班がチームとして動くことになる、と村田が言った。

「一人でできることは高《たか》が知れてる。チームとして機能しているか、そこも重要になる。お互いをフォローすれば、足し算ではなく、掛け算になる」

以上だ、と村田が会議室を後にした。夕食までまだ時間はある、と雅代が前に出た。

「シャワーと着替えを済ませたら、本館の食堂で夕食。では、解散」

夏美は素早く会議室を出た。誰とも顔を合わせたくなかった。

8

部屋で着替えを取り、そのままシャワールームに向かった。ジャージを脱ぐと、汗で裏地の色が変わっていた。

熱いシャワーを頭から浴びていると、疲れたね、と背後で美佐江の声がした。

「体力自慢の連中に勝てるわけないじゃない。こっちはか弱き乙女なのよ?」

冗談で和《なご》ませるつもりなのだろうが、夏美は何も言えなかった。総合順位で美佐江は十四位だ。最下位の自分とは違う。

「村田司令長が言いたいことも、わからなくもないけどね」

火災現場で男だ女だ、そんなことを言ってたらどうにもならない、と美佐江が声を大きくした。

「だけど、単純に比較するのは違うと思うな。基礎体力に差があるんだし……とりあえず言えるのは、シャワーは女子の方が得ってこと。あたしたちだけだから、順番待ちをしなくていい」

夏美はシャワーを止めた。

「梶浦さんは百メートルのタイムも男の人に引けを取らないし、腹筋や懸垂も普通の女性消防士ならあり得ない回数です。トップスリーに入った種目もありましたよね？　でも、わたしは……」

柔軟性がトップでも意味はない、と美佐江が言った。

「力じゃ男に勝てない。懸垂一回のあなたも、十二回のあたしも同じよ。百キロの人間をかついで逃げるなんて、できるわけないでしょ」

美佐江の声からは余裕が感じられた。回復力が高いのだろう。

夏美は立っているのがやっとだ。腕に力が入らず、体を洗うことさえままならない。

「……辞めようと思ってます」

低い声で言うと、美佐江もシャワーを止めた。

「引き止めるつもりはない。中途半端な気持ちで残ったら、心も体も傷だらけになる」

「わたしには無理です」

バスタオルを体に巻いた美佐江がブースから出て、頭を振った。ショートヘアから水滴が飛び散った。

「本音を言えば、辞めてほしくない。もう少し考えてみたら？　相談ならいつでも乗る」

手早く着替えた美佐江がシャワールームを出て行った。夏美は手を伸ばし、もう一度シャワーを全開にした。

9

部屋に戻り、洗濯物をまとめていると、ドアが開く音と峠の声が重なった。

「チームはええが、ハンデがあり過ぎんか？　うちには神谷がおる。どがいせえっちゅうんかの？」

神谷の体力レベルは低い、と杉本が言った。夏美に気づいていないのか、声が大きかった。

「だが、あいつには三年の経験がある。三年続く女性消防士は少ない。普通は一年で異動を申し出る。知ってるだろ？」

確かにそうですが、と鰐口がベッドに腰を下ろす音がした。

「彼女が勤務していたのは、八王子の端にある小さな消防署です。農地や農家で、大火災なんてめったに起きません。三年間、彼女が消防士として勤務を続けることができたのは、そのためもあったんじゃないですか？」

そんな話をしとるんじゃない、と峠が舌打ちした。

「採用試験に合格して、三年筒先を握っとったんじゃ。消防士としてのいろはは心得とるじゃろ。じゃが、ギンイチでは通用せん。呉《くれ》じゃあ、わしもちっとは名の知れた消防士のつもりじゃったが、ここでは下っ端《したっぱ》扱いよ。上には上がおるもんじゃ」

わしの先輩がな、と峠がため息をついた。

「前回の研修に参加したが、二カ月で帰ってきた。今日でわかったが、それもしゃあないじゃろ。神谷には無理じゃ」

村田司令長はチーム力を見る言うとった、と峠がベッドを叩く音がした。

「神谷のレベルに合わせちょったら、チーム力は下がる。女じゃから、そんな言い訳は通用せん。連帯責任で、全員荷物をまとめて帰れと言われるかもしれんぞ」

他にも余裕のない奴はいた、と杉本が指を鳴らした。

「トータルで考えれば、チーム力はそれほど変わらない」

そんなわけなかろう、と峠が吐き捨てた。

「神谷は桁《けた》が違う。そもそも、男と女を比べるのが間違《まちご》うとるんじゃ。わしが言いたいんは、神谷がおるとうちの班が潰れるっちゅうことよ。懸垂一回なんは見たじゃろ？」

沈黙が続いた。辞めた方が本人のためじゃ、と峠が低い声で言った。

「車両や機材の点検、装備や服装、ひとつミスがあったら全員腕立て十回、そんなペナルティもある。どこの消防署もそうじゃろ？　訓練で神谷だけがノルマをこなせんかったらどうなる？　わしらもつきあうんか？」

峠の言う通りだ、と剣崎がうなずいた。

「神谷は班のお荷物になる。フォローはしないと班長は言ったが、それじゃ済まない」

杉本がため息をついた。神谷は何も悪うない、と峠が空咳《からせき》をした。

「わしに言わせりゃ、村田司令長がどうかしとるんじゃ。何とかしてやりたいが、これからのことを考えてみい。辛いのは本人よ。わしらに迷惑をかけたくないとも思うじゃろ。他の班でも、文句を言う者《もん》がおる。殿山班の岸野が仲間に神谷んことを悪う言うとった。神谷も自分から辞めるとは言いにくいじゃろうから――」

誰であっても辞めろと言う気はない、と杉本が言った。

「他人が口を出すことじゃない。ただ、フォローもカバーもするつもりはない。もう無理だと思えば、何も言わなくても辞めるさ。冷たく聞こえるかもしれないが、放っておけばいい」

一週間も保たんじゃろうな、と峠が言った。

「班長の言う通りじゃ。余計なことは言わんよ」

神谷はシャワーか、と杉本がベッドの手摺《てす》りを叩く音がした。

「チームがどうとか、そんなことは関係ない。一人抜けたら、四人で乗り切る。お前たち全員が辞めても、おれは残る。いいか、神谷を特別扱いするな。わかったか？」

了解という剣崎の声に、四人の足音が続いた。ドアが閉まる音に、夏美は強く握っていた手を開いた。手のひらが汗で濡れていた。

fire 4　救助訓練

1

天井のライトがつき、同時にスピーカーからフルボリュームで非常ベルの音が響き渡り、アナウンスが流れた。

「火災発生、火災発生。現場は銀座九丁目二番地聖山下《せいやました》総合病院、炊事《すいじ》場のガス漏れにより、食堂が爆発炎上、負傷者多数。第二出場、指揮は荒木《あらき》司令長が執る。各小隊、現場へ急行せよ。研修チームは後方支援、即時本館前に集合、指示を待て。繰り返す、火災発生、現場は銀座九丁目二番地――」

夏美はベッドから転がるように降り、ジャージを脱ぎ捨てた。就寝前、活動服と防火服は床にセットしてある。八王子にいた時からの習慣だ。

はめたままの腕時計に目をやった。午前三時四十一分。

夜十時過ぎにベッドに入ったが、眠りに就いたのは一時間ほど前だ。ほとんど眠っていないので、体が重かった。

防火下着の上に活動服をつけ、防火靴から順番に防火服を着装し、パーテーションを開いた。防火シールド付きのヘルメットを摑み、部屋から飛び出した杉本たちの後を追った。

他の部屋からも、続々と消防士が出てきている。火災の発生は時間を選ばない。いつ何時でも即応する。それが消防士だ。

手間取った者がいるのか、背後で怒鳴り声がした。杉本班が先頭となり、別館から本館へ走った。

赤色灯が本館前を照らしている。サイレンの音、ポンプ車のエンジン音。点呼の声も聞こえた。

杉本、剣崎、峠、鰐口、夏美の順で並んだ。目の前に宇頭、そして中肉中背の男が立っていた。

くそ、と杉本が吐き捨てた。顔を見合わせた峠と鰐口が夜空を仰いだ。

すぐに風間班、芝村班、殿山班の全員が揃った。四分十二秒、と宇頭がストップウォッチのボタンを押した。

「次は二分半を切れ。いいな」

返事をする者はいなかった。宇頭が手を振ると赤色灯が消え、音が止んだ。

夜間呼集、と夏美はつぶやいた。自治体によって名称は違うが、消防学校でも不定期に行なう訓練だ。

真夜中、寝入りばなを狙って非常呼集をかけ、どれだけ早く対応できるかを見定めるのがその目的だ。遅参《ちさん》、服装の乱れがあれば、ペナルティを科される。

非常ベル、アナウンス、赤色灯、サイレン音、エンジン音、すべてがフェイクだ。苦笑を浮かべた金井が近づいてきた。その手にライトとミニスピーカーがあった。

これも研修の一環だ、と宇頭が鋭い目で言った。

「体力テストでへとへとになっているだろう。真夜中だし、深く眠っていた者もいたはずだが、炎はそんなことに忖度しない。四分を超えているようじゃ、話にならない。常に緊張感を保て
……荒木司令長、訓示をお願いします」

柔和《にゅうわ》な笑《え》みを浮かべた中肉中背の男が前に出た。僅かにだが、右足を引きずっていた。

研修初日、大沢署長以下各部の責任者との顔合わせがあったが、荒木もその場にいた。防災部防災情報室長として、消防防災情報収集及び防災通信を担当している、と説明があった。

年齢は村田と同じ四十二歳、五年前に火災現場で雑居ビルの四階から転落し、大腿骨《だいたいこつ》開放骨折、膝蓋骨《しつがいこつ》骨折という重傷を負い、第一線から退いていたが、ギンイチの頭脳と呼ばれている男だ。荒木のバックアップがあるから、消防士たちは炎と戦える。

荒木の表情に威圧感はない。親戚《しんせき》の叔父《おじ》さんのように、親しみやすい感じがした。

「全員、休め……疲れているだろう。だが、火災が起きればそんなことは言っていられない。夜

中だろうが何だろうが、現場に向かうのが消防士だ。さて、各員二人ずつ対面せよ」

全員がそれぞれ向かい合った。防火服を互いにチェックしろ、と荒木が命じた。

「正しく着装しないと装備の意味はない。各装備の防火率は防火シールド付きヘルメットが七パーセント、上半身、下半身を覆う防火服が八十一パーセント、防火手袋が五パーセント、足を守る防火靴が七パーセントだ。各部位の装備に隙間が生じないように注意」

ここだ、と杉本に近づいた荒木が首元に手を置いた。

「ヘルメットの防火シールドと防火服の襟《えり》が重なっていない。現場では空気そのものが高温になっている。これだけ隙間が空いていると、熱が侵入し、火傷《やけど》を負う」

お前もだ、と剣崎の前に立った荒木が靴を指さした。

「防火服の裾が下りていない。細かいことを言うようだが、一ミリが生死を分けることもある……五年前、私は新宿中央署にいた。歌舞伎町《かぶきちょう》の雑居ビル火災に出場した際、高熱のために窓ガラスが割れ、破片がここに突き刺さった」

荒木が自分の右足首に視線を落とした。

「防火装備は炎や熱だけではなく、ガラス片、金属片、その他から体を保護する役割も持つ。油断していたつもりはないが、確認が甘かったのは認めざるを得ない。痛みに気を取られ、そのまま四階から落下した。全治半年の骨折、今もリハビリを続けている」

全員が無言でうなずいた。私と同じ轍《てつ》を踏むな、と荒木が言った。

「自分を守れない者は誰のことも救えない。それが消防士の鉄則だ……私が言うと、説得力があるだろ？」

荒木が笑った。総員注目、と宇頭が怒鳴った。

「防火下着、活動服、防火服、ヘルメット、防火手袋、防火靴、すべて確認しろ。バディを守ることが自分を守り、チームを守る。現場に一歩でも足を踏み入れたら、その瞬間から消防士も要救となり――」

大きな声を出すな、と荒木が顔をしかめた。

「今回の非常呼集を教訓に、明日からの研修に臨むように。互いのチェックが終わったら、戻ってよし」

神谷さん、と鰐口が囁いた。

「ヘルメットのシールドがずれています。左の手袋がめくれて、袖《そで》と重なっていません」

夏美はシールドと手袋の位置を直した。鰐口に注意すべき点はない。手本になりそうなほど、着装は完璧《かんぺき》だった。

「午前中は座学だ。寝るなよ」

解散、と宇頭が叫んだ。全員が足取り重く、別館に戻っていった。

2

部屋に戻り、ジャージに着替えてベッドに入った。すぐ男たちの寝息が聞こえたが、夏美は眠れなかった。

朝五時半にベッドを降り、シャワーを浴びてから食堂に向かった。食欲はなかったが、バナナとヨーグルトを食べ、トーストをコーヒーで喉に流し込んだ。

午前七時から会議室で九十分の救命講習が始まった。その後三十分の休憩があったが、全員が座ったまま舟を漕《こ》いでいた。

午前九時、装備課長からギンイチの装備について説明があった。一般的な自治体消防署の任務は火災消火と人命救助の二つだが、ギンイチは首都直下型大地震その他災害、テロ等が発生した場合に備えて設立されているため、単なる消防署ではない。装備も自治体消防署とは大きく異なる。

例えば消防車両について、一般的には消防ポンプ車、防災活動車、消防活動用オートバイに加え指揮車が、大規模消防署であれば水槽付消防ポンプ車、小型動力ポンプ付積載車、積載車、人員輸送車、水難救助車などが配備されている。

だが、ギンイチではその他に大型化学車、特殊災害対策車などの化学車両、排煙高発泡車、空中作業車、屈折放水塔車などのはしご車両、塔体《とうたい》付水槽付ポンプ車、救出救助車など救助車両、照明電源車、重機搬送車、工作車、資材搬送車、クレーン車、通信工作車など指揮・支援系車両、中型ヘリコプターを保有していた。

他にも無人走行放水車、愛称ドラゴン、無線操縦が可能な障害物除去車、ドラグショベルもある。消防士が入れない場所でも、消火活動が可能だ。

大震災等によりビルその他に閉じ込められた場合に備え、エンジンカッター、ガス溶断機《ようだんき》、ダイナマイトやプラスチック爆弾も装備に含まれていた。

ただし、平時での主な任務は他の消防署と同じく火災消火と人命救助で、銀座及びその周辺地域で火災が発生すればギンイチも出場し、消火作業に加わる。

消防では原則として火災現場に最も近い消防署が指揮を執るが、大規模火災であれば近隣で最大の消防署が指揮を託される。

銃器等武器類こそないが、どんな状況にも対応できる装備を持つ消防署はギンイチだけだ。他県で大規模な火災や災害が発生した場合は、出場命令が出ることも決まっていた。

装備課長による説明は二時間ほどで終わった。三十分の休憩を挟み、村田が会議室に入ってきた。

「今後も座学は続く」前置き抜きで話すのは、村田の癖《くせ》だった。「ここにいる者はそれなりに経験がある。士長クラスの者もいるし、救急救命士の資格を持つ者もいるな？　他にも取得している資格があるかもしれん」

だが、現場で通用すると思ったら大間違いだ、と村田が話を続けた。

「消防はブラック企業じゃない。当然だが、お前たちには休日がある。仕事は仕事、休みは休みだ。それぞれに生活があり、何をしたっていい。だが、駅で、商店街で、コンビニで、突然人が倒れたら、休みなので関係ありませんとはいかない。消防士でなくても、誰だって救おうと考える。それは義務でも責任でもない。人としての権利だ」

全員がうなずいた。デートで空気呼吸器を持ち歩く者はいない、と村田が言った。

「しかし、そんなこととは関係なく人は倒れ、意識を失う。何もないから救えませんでした、そんな寝言は俺に通じない。九〇年代の半《なか》ば、地下鉄の車両内で毒ガスを撒《ま》いたカルト集団がいたのは知ってるな？　二度とあんなことは起きないと思っているなら、お前たちの頭は空っぽだ。爆発物を扱ったテロ、覚醒剤の濫用《らんよう》により錯乱《さくらん》状態に陥《おちい》り、包丁を振り回して人を刺す者、何があるかわからん。お前たちがその場に居合わせる確率はゼロとは言えない。勤務外の時間であっても対応する。それが消防士だ。風間、できるか？」

当然です、と風間が立ち上がった。

「何があっても逃げません。必ず人命を救います」

座れ、と村田が手を振った。

「模範解答のつもりか？　消防士はスーパーマンじゃない。何かが起きたら逃げて、自分を守れ。ただし、一人で逃げるな。その場にいる全員を逃がし、一人も取りこぼすな。必ず、絶対、そんな言葉を軽々しく使うな」

お前たちにそんな力はない、と村田が首を振った。

「ヒロイズムに浸《ひた》るな。スタンドプレーで目立ちたい奴は今すぐ出て行け。そんな奴は消防に不要だ。何があっても落ち着いて対処しろ。殿山、目の前で人が倒れたらどうする？」

意識を確認します、と殿山が答えた。

「呼吸の有無を確かめ、息をしていなければ気道を確保、人工呼吸を行ないます。心臓が止まっていれば、心臓マッサージを――」

電話だ、と村田が壇上の机を叩いた。鈍《にぶ》い音がした。

「お前は救急救命士の資格を持っているが、医師でも看護師でもない。餅《もち》は餅屋で、プロに任せろ。自分を過信するな」

だらだらと長話をするつもりはない、と村田が時計に目をやった。

「夜間の非常呼集は俺が指示したが、荒木は俺と違って真面目《まじめ》だから、無茶なことは言わなかっただろう。だが、消防士は無茶な判断を迫られる時がある」

午後一時から訓練を行なう、と村田が外を指さした。

「防火衣着装訓練及び救助訓練だ。ギンイチでは班同士を競わせる。最下位の班には腕立て百回、腹筋百回のペナルティを科す。俺にしては甘いが、上からハラスメントの注意を受けた。偉い人に感謝しろ」

会議室のあちこちから失笑が漏れた。壇を降りた村田が会議室を後にした。

3

十二時五十分、雅代はグラウンドに足を向けた。二十人の消防士がストレッチを始めていた。

防火衣着装訓練はどんな小さな消防署でも必ず行なう。消防士は一秒でも早く現場に到着しなければならないが、防火衣を着装していないと何もできない。

防火衣は防火下着、活動服、防火服の三点セットが基本となる。重ね着をするのは、それぞれの生地《きじ》間にできる空気層が断熱効果を上げ、火傷を防ぐためだ。

防火下着にはインナーシャツとインナーパンツがある。上下で約二万五千円と高額だが、ナイロン系の下着を身につけていると熱で溶《と》け、火傷を負うリスクがある。

防火下着は炭素繊維でできているので、フラッシュオーバーなど爆燃現象による高熱、あるいは消火水によって発する百度以上の過熱水蒸気にも耐えることができる。ヘルメットについている防火シールドも含め、ほとんどの消防署で着装が義務付けられていた。

お世辞にも着心地《きごこち》がいいとは言えないし、どちらも長袖だから、通常の下着より着るのに時間がかかる。タイムロスを防ぐため、当番日及び当直時、消防士は常に防火下着を着用している。

消防署内ではその上に活動服を着て勤務に就き、事務作業も活動服で行なう。一般的に消防士が着ているのは活動服で、制服と言っていい。

防火衣着装訓練は、その上から防火衣を着装する時間を可能な限り短縮するために行なわれる。防火靴、防火ズボン、防火ジャケット、ヘルメットの順で着装し、最後に防火手袋をはめる。着装時間の目安は一分だ。

スピードと正確さが要求されるが、全員が三年以上の経験を積んでいる。無難にこなすだろう、と雅代は思った。

村田は東京消防庁での会議に出るため、都庁へ向かった。それを伝えれば気が緩むから、あえて言わなかった。

午後一時ジャスト、宇頭の指示で防火衣着装訓練が始まった。着用しやすいように、防火靴から防火手袋まで、五点が順に並べられている。三十秒で着装を終える者もいた。

雅代は視線を杉本班に向けた。後列で夏美が防火服を着装していた。

そのスピードは他の班員とほとんど変わらない。顔、腕、体、足、全身をきちんとカバーしている。動きも良かった。

(体が小さい分、得をしている)

防火服はS、M、L、LLにサイズが分かれている。体格の大きい者ほど、着装に時間がかかるが、夏美はMがジャストサイズのようだ。

防火衣着装訓練が終わると、宇頭が集合をかけた。

「今から救助訓練を行なう。想定は以下の通り。八メートル下に工事現場があり、熱中症で動けなくなった作業員をロープ降下により救助する。三分以内を目安とする」

はい、と全員が声を上げた。タワーを使う、と宇頭が反対側のグラウンドの中央に建っている建物を指さした。

「各班交替で上へ行け。ダミー人形が下にある。重量は七十キロ、身長は百七十センチ。先発者がロープ降下、安全確認の後、もう一人が降り、同時に担架《たんか》を降ろす。二人で要救助者を担架に乗せ、他の三人はロープを引け。後発者が担架の補助に回り、ダミー人形と一緒に上がる。最後に先発者をロープで引き上げろ。手順はわかったな？　下には安全マットを敷いてあるが、下手《へた》に落ちれば骨折する。安全確認の声掛け、復唱を徹底せよ」

はい、と全員が大声で返事をした。各班三回ずつだ、と宇頭が言った。

「降下するバディを決め、その後交替せよ。各バディで一回ずつ行なう。足場は組んであるし、ロープ、担架、カラビナ、その他装備はすべて揃っている。一回ごとに休憩を二分挟む。単純計算でトータル十三分だが、階段を昇降する時間もある。三十分やるから、それで終わらせろ。余裕だろ?」

宇頭くん、と雅代は声をかけた。

「彼らは同じ消防署から来ているわけじゃない。チームワークも十分とは言えないし、時間で縛《しば》らない方がいい」

村田司令長の指示なんです、と宇頭が小声になった。三十分以上かかる奴はいらん、という怒声が聞こえるようだ。ひとつため息をついて、全員注目、と雅代は各班に向き直った。

「人命救助では安全確保が最優先となる。三十分は十分な時間だけど、これは競争じゃない。訓練の一環で――」

一番遅かった班にペナルティを科せと命じられました、と宇頭が肩をすくめた。

「とはいえ、腕立て百回、腹筋百回です。村田さんにしては大甘《おおあま》でしょう。今日は会議で出ていますが、後で報告しろと言われてます。全班同タイムでした、そんなことを言ったら磔《はりつけ》獄門《ごくもん》ですよ……それは冗談としても、どれだけ怒られるかわかりません。腕立て百回、腹筋百回なんて、整理体操レベルですよ」

雅代が睨《にら》みつけると、わかりましたよ、と宇頭が頭を掻いた。

「総員、聞け。三十分以内ならペナルティはなしだ。ひとつひとつ確実に作業し、慎重を期せ。無理も無茶も禁止だ」

風間班は上へ行け、と宇頭が命じた。

「大久保と金井の指示に従え。他の三班は待機」

風間を先頭に、五人の男が階段へ向かった。気を付けなさいという雅代の声に、全員が軽く頭を下げた。

「ロープよし！　安全確認よし！」

上から怒鳴り声が降ってきた。夏美は体育座りのまま、目線を上げた。

タワーは訓練用の仮設で、屋上は吹きさらしだ。

男たちの声がいくつも重なり、すぐに一本のロープが降りてきた。救助隊です、と屋上から顔を出した風間が叫んだ。

「今から降ります。指示に従ってください」

降下準備始め、という声と共に風間が顔を引っ込めた。カラビナよし、準備よし、と他の班員が叫ぶ声がした。

夏美たちに背を向ける姿勢で、ロープを摑んだ風間が建物の壁を降り始めた。着実な足運びで地面に降り立つと、ダミー人形に向かい、大丈夫ですかと声をかけた。

「要救の安全を確認、自発呼吸あり。ロープの準備よし。山岡、降下を始めろ。他は担架を降ろせ」

山岡がロープを巧《たく》みに操《あやつ》り、壁面を蜘蛛《くも》のように素早く下に降りた。一メートルほど離れた場所に、二本のロープで繋がれた担架がゆっくりと降りてきた。風間がロープを外し、担架をダミー人形のそばに置いた。

山岡が自分のロープを解《ほど》き、ダミー人形の足を抱えた。風間は腕だ。

ダミー人形には人間と同じように関節がある。完全に意識を失った人間を支えるのは誰にとっても難しいが、二人の動きはスムーズだった。

風間が担架の四点にロープを繋ぎ、山岡がそれをひとつにまとめ、降りてきた太いロープにクラッチで固定した。確認よし、と風間がロープを強く引いた。

「引き上げよし！」

担架が水平になったのを確認した山岡が叫んだ。引き上げよし、と上からも復唱があった。

補助に回った山岡が下から担架に手を添え、バランスを取っている。上げろ、と指示した風間が全員に声をかけた。

「一、二、一、二」

掛け声に合わせてロープが引かれていく。後二メートル、という怒鳴り声が聞こえた。

担架を支え、足でバランスを取りながら、山岡が壁を登っていた。ロープを引く者たちとの呼吸が重要になる。

「ロープ、引け！　ゆっくりでいい！」

「後一メートル！　担架、水平です！」

「山岡、もう少しだ」

「焦るな、左右に注意！」

担架が引き上げられ、ロープ緩めという声に続き、山岡が屋上に上がった。

「引き上げ準備！」

屋上の縁《ふち》に立った山岡がロープを足場にもやい結びで繋いだ。左右では二人の班員がロープを降ろしている。

受け取った風間が一本を腰に、二本を両肩に固定した。引け、という合図と共にロープを使い壁を登り始める。五秒で屋上に着いた。

降下、ダミーの救助、風間が戻るまで二分ほどしかかかっていない。二人が組むのは初めてだが、コンビネーションは良かった。

「風間！　同じことを何度も言わせるな！」

宇頭がトラメガを上に向けた。

「タイムレースじゃないと言っただろう！　要救の安全を優先しろ！　早けりゃいいってもんじゃないぞ！」

すみません、と顔を覗かせた風間が笑顔で手を振った。馬鹿にしやがって、と宇頭がグラウンドを蹴った。

4

午後二時半、夏美は杉本たちに続いて階段を上がった。仮設の建物はそれなりに頑丈《がんじょう》だが、傾斜は急だ。

三十分ほど前から、霧雨《きりさめ》が降り始めていた。風も強くなっている。足が滑《すべ》ると危険なので、誰の足取りも慎重だった。

屋上で待っていた金井が手を伸ばし、夏美の腕を摑んで引き上げた。屋上は五メートル四方の正方形で、三面に高さ一メートルの鉄パイプが数本立っている。柵《さく》はそれだけだ。

落ちるなよ、と金井が鉄パイプを叩いた。

「安全マットが敷いてあるのは正面だけだ。他から落ちると、運が良くても全身骨折、悪けりゃ死ぬことになる」

からかうのは止せ、と注意した大久保が杉本に顔を向けた。

「バディは？」

最初はぼくと神谷です、と杉本が答えた。

下を見ろ、と大久保が指さした。約二メートル四方の安全マットが見えた。

「高さ八メートル、安全マットの脇にダミー人形がある。ロープ降下後、担架に乗せ、残った三人で引き上げろ」

神谷が先発し、ぼくが続きます、と杉本が言った。よし、と大久保がうなずいた。

実際の救命現場では、先発者の役割が重要になる。今回の設定は熱中症による意識喪失だが、現実にはガス漏れ、酸欠、一酸化炭素中毒、さまざまな状況が起こり得る。原因不明のままでは救助活動に支障が出るので、調べるのも先発者の任務だ。

ただ、この訓練においては、後発者の負担が大きい。七十キロのダミー人形を担架に乗せ、バランスを取りながら両足で壁を登ることになる。体力を考慮すれば、杉本が後発者を務めるしかなかった。

始めろ、と大久保が腕時計に目をやった。

「雨が降ってる。気をつけろよ」

夏美は小さくうなずいた。手順はわかっている。組んである鉄パイプの足場にロープを巻き付け、安全装具のカラビナに繋ぐ。その後は合図で降りるだけだ。安全確認を怠《おこた》らなければ危険はない。

準備よし、と夏美は片手を上げた。装備確認、と杉本が叫んだ。

「ロープよし、カラビナよし、ハーネスよし。峠、ダブルチェックだ。確認しろ」

男たちの声が夏美の頭上を飛び交っている。大声なのは、救助現場で最も重要な意思疎通のためだ。

火災現場で最も激しいのは、燃え盛る炎の音だ。放水音、無線、やじ馬の悲鳴がそれに重なる。

火災によって天井が焼け落ち、ガラスは割れ、壁も崩れる。現場は音の洪水だ。隣に立っている者の声も聞こえない。大声になるのは消防士の習性だった。

「安全確認よし！」

ひとつずつ装備を指さし確認した杉本が叫んだ。夏美の背後に回った剣崎と峠、そして鰐口がロープを摑んだ。

後方固定よし、と剣崎が怒鳴った。降下ロープは背後の足場と繋がっているので、万一手を離しても、降下する者が地面に激突することはない。

行け、と杉本が命じ、夏美は屋上の縁を摑んだ。そのまま、ゆっくりと足を下ろす。

後ろ向きで腰を突き出し、足が壁に垂直になる姿勢を取った。不格好だが、ロープとハーネスで安全は確保されている。

降下始めます、と夏美は叫んだ。一、二と杉本が号令をかけ、それに合わせて足を動かしていく。

八メートルを降りるのに要した時間は八秒だった。平均的なタイムと言っていい。

「付近に障害物なし」安全マットから降り、夏美は体を結んでいたロープを外した。「要救発見！　大丈夫ですか？　わたしは救助隊です。わかりますか？」

どうだ、と杉本の声が降ってきた。問題ありませんと叫ぶと、あっと言う間に杉本が目の前に降り立った。

「要救確認！　自発呼吸あり！　今から担架に乗せる！　合図あるまで待て！」

了解、と上から剣崎の声がした。担架を持ってこい、と杉本が怒鳴った。夏美は降りてきた担架のロープを解き、ダミー人形の横へ運んだ。

足を持て、と杉本が命じた。夏美は素早くダミー人形の膝の裏側を抱えた。

急げ、と上から声が降ってきた。人形の両脇に腕を差し込んだ杉本の合図で持ち上げ、担架に乗せた。

夏美は人形をストラップで固定し、四つある穴にロープを通してひとつにまとめた。固定を確認しろ、と指示した杉本が四本のロープを摑み、新たに降りてきたロープにクラッチで繫ぐ。力を込めて引くと、結束がきつくなった。

杉本が安全を確認し、準備よしと叫んだ。

「上げろ！　ゆっくりだ！」

安全マットの上で足を踏ん張った杉本が担架の下に手を添えている。一、二という掛け声と共に、担架が上がり始めた。

杉本のハーネスにもロープが繫がっている。目の高さまで担架が上がると、杉本が両足を壁につけ、登り始めた。

下から両手で担架を支えているのは、バランス補助のためだ。傾いた時は支えなければならない。

夏美は上に目をやった。二十秒ほどで担架が回収された。壁の縁を摑んだ杉本が腕の力だけで屋上に上がった。

「要救救助完了！　神谷、戻れ！」

夏美は降りてきたロープを手繰《たぐ》り寄せ、ハーネスに繋いだ。下から強く引くと、焦るな、と杉本が怒鳴った。

「上げるぞ！　準備は？」

準備よし、と夏美は叫んだ。同時にロープが引かれた。

壁に足をかけ、一、二と大声でカウントすると、四人の男たちが力強くロープを引き上げた。

十秒も経たないうちに、屋上が見えてきた。

手を伸ばすと、杉本が夏美の腕を摑み、足を使えと怒鳴った。右足を踏み出し、屋上の縁にかけて、次の一歩で上がった。

二分四十秒、と大久保がストップウォッチのボタンを押した。

「こんなもんだろう……ダミー人形を片付けろ。宇頭さん、二号機よろしく」

了解、という宇頭の声が無線から聞こえた。下に目をやると、別のダミー人形を背負った宇頭が安全マットに近づいていた。

総員、ロープの確認、と大久保が命じた。

「場所を替われ。峠と鰐口は降下準備を始めろ。安全確認が終わり次第、班長に報告せよ」

「降下準備よし！」

叫んだ鰐口に、慌《あわ》てるな、と金井が苦笑した。夏美はハーネスのロープを解き、痺《しび》れた手を振った。

5

二分が経った。行きますと鰐口が手を上げ、確認お願いしますと怒鳴った。

装備をチェックした峠が、安全確認よし、と大声で言った。ダブルチェックと叫んだ剣崎が鰐口の装備に触れた。

お先に、と叫んだ鰐口が素早く降りていった。器用な奴だ、と下を覗き込んでいた剣崎が小さく笑った。

「要救発見！　呼吸を確認します！」

下からの声に、了解、と峠が怒鳴った。

「ほいじゃあ、行ってくるかの」

任せろ、と杉本がうなずいた。峠は班の中で最も体が大きく、体重は百キロ近いが、三人なら支えられる。

峠がロープを摑み、後ろ向きで宙に上半身を傾けた。大丈夫だ、と剣崎が叫んだ。その後ろで、夏美はロープを強く摑んだ。

うなずいた峠が足を壁につけ、降下を始めた。夏美の体が僅かに前にのめり、すぐに峠の姿が見えなくなった。
一、二と杉本が声を出し、そのたびに三十センチずつロープが動いた。後二メートル、と先頭にいた剣崎が叫ぶと、すぐにロープの張りが消え、峠が降りたのがわかった。

担架はグラスファイバー製で、重量は五キロほどだ。ロープに飛びついた杉本と剣崎がゆっくり降ろし始めた。

どうだ、と剣崎が叫ぶと、上げろ、と峠が怒鳴った。安全確認、と叫んだ杉本が夏美に鋭い視線を向けた。

了解、と夏美が叫ぶと、剣崎がロープを握り直した。一、二という掛け声に、夏美はロープを引いた。峠、ダミー人形、そして担架の総重量は百八十キロ近い。

腕ではなく、腰で引かなければならないが、じりじりと足の位置が前に動いていた。腰を落として踏ん張ったが、止めることができない。

「しっかり持て！」要救が死ぬぞ、と杉本が怒鳴った。「神谷、殺す気か？」

返事をする余裕はない。雨のために防火手袋が滑った。

慌てるな、と剣崎が屋上の縁に両足をかけ、上半身を反《そ》らした。夏美のロープを握る手が滑り、摑み直すために一瞬手を離した。

だが、痺れていた右手がロープを摑み損《そこ》ねた。

左手一本でロープを握る形になり、不安定な体勢のまま、その場で転倒し、引きずられた。背後に立っていた大久保がロープを摑んだ。

「神谷、どけ」

大久保の低い声に、夏美はロープから両手を離した。男たちが体勢を立て直し、ゆっくりロープを引いた。

五秒後、担架が上がってきた。支えていた峠の口から、焦ったで、とつぶやきが漏れた。

「神谷、今お前は要救と峠を殺した。わかってるな?」

大久保の声に、夏美は顔を伏せた。雨が激しくなっていた。

6

各班の班長を集めた宇頭が顔を真《ま》っ赤《か》にして怒鳴っている。杉本が頭を深く下げたが、他の三人も同じだ。

夏美は離れているので、声は聞こえない。待機している全員が夏美に冷たい視線を向けていた。

四人が駆け足で戻り、腕立て準備、と各班の班員に言った。風間に促された杉本が一歩前に出た。

「救助訓練中にミスがあり、連帯責任のペナルティを命じられた。腕立て百回の後、腹筋百回、その後ストップがかかるまで繰り返す」

最初の腕立ては俺が号令をかける、と風間が口を開いた。

「以下、芝村、殿山、杉本班の順だ。私語は厳禁、指示があるまで休むな」
一、と地面に両手両足をつけた風間が体を沈めた。一、と全員が声を合わせた。

雨が降り注ぐ中、二十人が腕立てを始めた。三十回を超えたところで、堪え切れずに夏美は両膝をついた。

ふざけんな、と背後で声がした。誰のせいだと思ってるんだ、と苛立った声がそれに続いた。私語厳禁だ、と杉本が言ったが、冗談じゃない、と怒声が返ってきた。

「最初からわかってたはずだ。女には無理なんだよ。杉本班のミスはそっちで責任を取るのが筋だろ？」

すみませんとだけ言って、夏美は腕立てを続けたが、五十、というカウントで地面に突っ伏した。腕ではなく、心が折れていた。

自己責任だ、という声に、止めろ、と横にいた杉本が怒鳴った。何を言ってる、と殿山班の岸野が皮肉交じりの声を上げた。

「神谷に消防士を名乗る資格はない。いつか必ず消防士を殺すぞ。辞めさせるのが班長の役目だろう」

黙ってろ、と杉本が命じた。夏美は気力を奮《ふる》い起こし、腕立てを続けた。

両腕が激しく震え、鈍い痛みが走ったが、悲鳴を上げることすらできない。耐えるしかなかった。

百回、とカウントを終えた風間が立ち上がり、三十秒休めと言った。誰も口を利かない。

腹筋始め、と芝村が命じた。横殴《よこなぐ》りの風に、声がちぎれていく。

「手を頭の後ろで組め。背中を地面につけるな」

夏美は無言で仰向けの姿勢を取った。一、と芝村がカウントを始めた。

「二」

二十人が一定のリズムで腹筋運動を続けていたが、夏美は二十回保たなかった。背中が地面につくと、容赦ない罵声《ばせい》が飛んだ。

「遊びじゃねえぞ！」

「さっさと帰れ！」

「怠《なま》けてんのか？」

無駄口を叩くな、と杉本が怒鳴った。すみません、と夏美はその場に正座した。

「わたしの責任です。辞めます」

当たり前だ、と岸野が吐き捨てた。後にしろ、と風間が言った。

「辞めるのは勝手だが、　人でも欠けたら残った者が割りを食う。逃げるのか？」

夏美は仰向けになり、再び腹筋運動を始めた。四十回を超えると、上半身が上がらなくなったが、手は頭から離さなかった。最後の意地だ。

百、と芝村がカウントを終えた。立て、と殿山が怒鳴った。

「腕立てを始める。準備しろ」

いつまでやるんだという声に、ストップがかかるまでだ、と殿山が答えた。

「文句があるなら、直接宇頭教官に言え。俺にそんな度胸はない……始めるぞ。一！」

馬鹿野郎、と誰かが叫んだ。畜生、という怒鳴り声が聞こえた。

なめんな、という声がそれに続いたが、余裕がなくなったのか、荒い呼吸音しか聞こえなくなった。

遠くで雷が鳴ったが、二十人は腕立てを止めなかった。全員の体を雨と汗が濡らしている。

両腕で体を支えるのがやっとで、夏美は腕を曲げることすらできずにいた。百、と怒鳴った殿山が拳でグラウンドを叩いた。腹筋だ、と立ち上がった杉本が命じた。

「神谷、もたもたするな、さっさとやれ！」

体を動かすことができないまま、同じ姿勢のままでいた夏美を剣崎が強引に立たせ、そこに座れと怒鳴った。

「腹筋だ、馬鹿野郎。やり方を忘れたのか？　そんな奴が筒先を握れるわけないだろう！」

手を頭の後ろで組め、と杉本が腹筋の姿勢を取った。

「背中はつけるな。腹筋始め！　一！」

夏美は腹筋を始めた。数ミリ上半身を上げ、下ろす。それが今できるすべてだった。
七十二、と杉本がカウントした時、雷が落ちる凄まじい音がした。全員戻れ、と宇頭が手をメガホンにして叫んだ。
「今日はここまでだ。着替えてシャワーを浴びろ。解散！」

座り込んでいた男たちが両手をついて体を起こした。一人ずつ、のろのろと別館へ向かっていく。敗残兵《はいざんへい》の群れのようだ。

立って、と近づいてきた美佐江が腕を摑んだが、無理です、と夏美は頭を垂れた。体に力が入らない。

肩を貸す、と美佐江が夏美の左腕を自分の首に回した。引きずられるようにして、夏美は別館に戻った。振り向くと、真っ暗な空を稲妻が切り裂いていた。

7

美佐江に支えられ、シャワールームに入ったが、その後の記憶はない。どうやって部屋に戻ったのかもわからなかったが、無意識のうちにジャージに着替えたようだ。

ベッドの端に腰を下ろし、床の一点を見つめている自分がいた。辞めるしかない、とつぶやきが漏れた。

あの時、手を離すべきではなかった。杉本に声をかけるべきだった。自分のミスで峠と要救を殺した。

声をかけていれば、杉本たちは手を止め、ロープを固定しただろう。それからロープを掴み直せばよかった。あれは自分のミスだ。

父を殺した炎に復讐したい、それだけを考えて消防士を志《こころざ》した。だが、父と自分は違う。

三年間、消防士として勤務に就いたが、小規模火災の現場にしか出場していなかった。担当していたのは主に後方支援だ。

管轄内で火災の犠牲者は出ていないが、このまま続けていれば、いずれ誰かを必ず殺す。消防士か、市民か、いずれにしても自分のせいで誰かが死ぬ。耐えられるはずもない。

そのまま横になると、全身の力が抜け、眠りに落ちていった。辞めると決めたことで、どこか安堵《あんど》していた。

神谷、という怒声とパーテーションを蹴り倒す音で目が覚めた。頭上でサイレンが鳴っていた。

「起きろ！　竹芝《たけしば》で火災だ！」

杉本の顔が目の前にあった。時計を見ると、深夜二時半を回っていた。

訓練では、とかすれた声で言うと、二日連続でするわけがない、と杉本が怒鳴った。

「出場命令が出た。防火衣を着装、二分以内に本館へ集合せよ！」

「わたしは……もう辞めます。決めたんです」

止めると思ってるのか、と杉本がジャージの襟を摑んだ。

「辞めたいなら辞めろ。お前をかばう義理もフォローする責任もない」

「それなら――」

だが、まだ消防士だ、と杉本が大声で言った。

「火災現場はいつだって人手が足りない。当てにはしていないが、何かの役には立つだろう。辞めます、行けません、駄々をこねるのは勝手だが、お前が出場しなかったために誰かが命を落としたらどうする？　誰かが死ぬのを黙って見ている度胸があるのか？」

班長、と鰐口が顔を覗かせた。

「急いでください。芝公園《しばこうえん》消防署から至急の応援要請が出た、と連絡がありました。港区内の他の消防署より、ギンイチの方が近いそうです」

九十秒以内に来い、と夏美の肩を突いた杉本が部屋を飛び出していった。

手が勝手に動き、ジャージを脱いでいた。活動服に袖を通し、床に置いていた防火靴に夏美は足を突っ込んだ。

（まだ消防士だ）

自分ではない何かが体を動かしていた。防火服を着装し、防火手袋をはめ、ヘルメットを抱えた。

廊下を走る靴音が響いている。夏美は開いたままのドアから外へ飛び出した。

fire5　人命検索

1

「風間班と芝村班は右の人員輸送車に乗れ！」

夏美が表に飛び出すと、顔を真っ赤にした宇頭が怒鳴っていた。ギンイチ本館の前に十台のポンプ車が並び、次々に消防士が乗り込んでいる。

「殿山班、杉本班は左だ。急げ！」

防火衣の相互チェックを忘れるな、と宇頭が人員輸送車のボディを強く叩いた。

「これは訓練じゃない。気を引き締めろ！」

サイレンと警鐘《けいしょう》が重なる中、夏美は鰐口と向かい合い、装備点検を始めた。その間に、十台のポンプ車が本館前から走り去っていった。

確認は終わったか、と大声で宇頭が言った。はい、と声を張り上げた杉本が人員輸送車に乗り込み、夏美もその後に続いた。

人員輸送車は消防士の移動や負傷者の搬送、装備の輸送等に使用される大型車両で、運転者も含め座席数は二十一、形はバスに近い。運転席の機関員、ギンイチの岸本《きしもと》が全員の乗車を確かめると、すぐにアクセルを踏んだ。

「各隊に連絡。現在、第二出場がかかっている」

車載スピーカーから村田の声が流れ出した。火災現場への出場は第一から第四まであり、その区分は各自治体によって多少異なるが、簡単に言えば小火なら第一、火災の規模が拡大すると、第二、第三とレベルが上がっていく。

一軒家の火災とタワーマンション火災では、延焼の範囲、被害の規模が違ってくる。庭先の小さなプレハブ小屋が燃えただけでも、火勢、風向き、周囲の状況によって大火事に繋がることがある。指揮官の判断によっては、小火でも第二、第三出場命令が出る。

火災が発生したのは港区上海岸《かみかいがん》四丁目、と村田の声が続いた。

「ゆりかもめの竹芝駅と日《ひ》の出《で》駅の中間にあるキャロットマンション二号棟、三〇二号室。同マンションは五階建て、各フロアに部屋は七つ、全戸一ＬＤＫ、広さは約六十平米。分譲マンションで、ほとんどが家族世帯だ」

通報したのは三〇二号室の宮脇進《みやわきすすむ》、と村田が説明した。

「夜中に目が覚め、カップラーメンを食べようとしてガスコンロの火をつけた際、パジャマに燃え移った火がゴミ箱に飛び、リビングに広がった」

魔王のこんな声は初めてだ、と杉本が囁いた。

「淡々としているし、やけにゆっくりだ」

気味が悪いの、と峠がつぶやいた。

「まあ、状況の説明じゃからな。怒鳴っても始まらん」

二十三区内で火災が発生すると、一一九番通報は千代田《ちよだ》区大手町《おおてまち》の災害救急情報センターが、多摩《たま》地区は立川《たちかわ》市の多摩災害救急情報センターが受信する。

災害救急情報センターは最も現場に近い消防署に出場を指示する。今回のケースでは芝公園消防署がそれに当たり、指揮車並びにポンプ車が出動していた。

原則として、最初に到着した消防署が消火の指揮を執る。ギンイチその他の消防署に応援を要請したのも芝公園署だ。

火災現場で最も危険なのは命令系統の混乱で、大規模火災でも命令者が複数いると不測の事態を招きかねない。今回、消火の指揮を執るのは芝公園署だった。

「指揮管は芝公園署の佐々《さっさ》司令長、ギンイチの現場責任者は柳司令補」

村田の声は低いが、聞き取りやすかった。

「通報した宮脇は妻と娘を連れて部屋から避難し、両隣の部屋に火災発生を伝え、非常階段の火災報知機を鳴らしている。一一九番通報は午前二時十三分、佐々司令長の指揮車が現場に到着したのは同十六分、その五分後、ポンプ車二台が消火活動を開始した」

キャロットマンションだが、と村田が説明を続けた。

「三棟が並んでいる。東から西へ一号棟、二号棟、三号棟の順だ。火災が発生したのは中央の二号棟で、一号棟、三号棟との距離はそれぞれ約十メートルとかなり近い。海岸《かいがん》通りと第一京浜《けいひん》に挟まれた場所で、マンションまでの進入路は道幅が狭く、ポンプ車が停まっていると救急車両が通れない。周囲は住宅、アパート、マンション等が立ち並び、延焼の危険性がある。現在深夜二時四十分、外気温は四度、北西から東へ風速十四メートルの強風が吹いている。昨日の夕方、雨が降ったが、この二週間は晴天が続いていた。乾燥注意報も出ている。気をつけろ。後は現場の柳が指示する」

無線が切り替わり、初期消火は順調、と雅代の声がした。

「ただし、今は強風が西側から吹いているが、北風に変わるとマンションの外廊下が風の通り道になる。その場合、三号棟及び周辺家屋に延焼する可能性が高い。佐々司令長の命令で、ギンイチは第一から第五小隊がマンションの消火、第六から第十小隊は周辺住民の避難誘導、延焼阻止と二手に分かれる」

今後はわたしが情報を一元管理する、と雅代が空咳をした。

「芝公園署、ギンイチのポンプ小隊がキャロットマンションの正面と裏に展開、放水を開始している。各棟には北側、南側に非常階段があるが、三階の火勢が激しいため、まだ消防は二号棟内に入っていない。竹芝駅に直結するプリンセスホテルに協力を要請、一階ラウンジを開放、キャロットマンション及び周辺住民はそこへ避難した。三つの棟には約三百人が住んでいるが、三号棟の避難は完了。現在、一号棟及び二号棟、そして周辺住民合わせて二百人以上が海岸通りで救助を待っている。人員輸送車はその二百人をプリンセスホテルへ運ぶこと。以上」

猛スピードで海岸通りを走っていた人員輸送車がスピードを落とした。月明かりに、炎と黒煙が照らし出されていた。

2

投光機が闇《やみ》を切り裂いている。消防車のサイレンと警鐘、救急車のサイレン、燃え上がる炎の音、放水音、消防士の怒号、避難を呼びかける声、人々の悲鳴、あらゆる音が重なっていた。

海岸通りを見つめていた雅代の横で、来ました、と金井がつぶやいた。二台の人員輸送車が海岸通りで停車した。

雅代の背後に、二百人以上がいる。キャロットマンション一号棟、二号棟、そして近隣の住民だ。

突然の火災に慌てて飛び出したためか、ほとんどがパジャマやジャージ姿だった。裸足《はだし》の者もいた。

二月上旬、寒空の下、避難した住民が待機を余儀なくされている。乳幼児とその保護者、高齢者は救急車両でプリンセスホテルに搬送したが、一度に乗車できる人数が限られているため、避難は進んでいない。

深夜でも海岸通りは車の往来が激しく、スピードを出している。徒歩では危険だ、と雅代は判断していた。

防火服、活動服、防火手袋を着用している消防士たちも歯の根が合わないほどの寒さだ。気温は四度、体感温度は零《れい》度以下だろう。

やっと来たか、と金井が大きく息を吐いた。人々が列を作り、人員輸送車を待っている。話し声はしなかった。

停車した人員輸送車から、研修中の班員が次々に飛び降りた。各班整列、と雅代は大声で命じた。

「待機中の住民を人員輸送車に乗せる。各車五十人ずつ、百人を先行させる。座席数は二十だが、五十人まで乗せる。その後ここへ戻り、残った住民を順次ホテルへ運ぶ。各班長は二名を選び、人員輸送車に同乗させること」

剣崎と神谷、と杉本が名前を呼んだ。

「お前たちが乗れ。峠と鰐口は残れ」

副班長格の剣崎に住民の避難誘導を任せ、その補佐に夏美をつけたのは、火災の状況によって、今後研修中の各班も筒先を握る可能性を考えたのだろう。的確な指示だった。

剣崎と殿山班の二人が人員輸送車のドアを開けたが、手で制した夏美が住民たちに顔を向け、一歩下がってくださいと呼びかけた。

「慌てると危険です。一歩下がり、落ち着いて一人ずつ順番に車に乗ってください」

海岸通りに立っていた二百人以上が無言で一歩下がった。一刻も早く車に乗り込みたいはずだが、乗降口の幅は狭く、押し合えば怪我人が出るだろう。

雅代は夏美の横顔に目をやった。救助訓練で大きなミスを犯し、肉体的にも精神的にも疲弊《ひへい》し切っているはずだが、笑みを浮かべ、冷静な行動を呼びかけている。言うのは簡単だが、誰にでもできることではない。

「こんな時こそ譲り合いましょう」

夏美の声に、住民たちの緊張が和《やわ》らいだ。車内には座席が二十しかありません、と夏美が人員輸送車を指さした。

「ホテルに着けば毛布、温かい飲み物、着替えが用意されています。自分より辛そうな人がいたら、席を譲ってください。もう少しの辛抱《しんぼう》です。お願いします」

一人ずつです、と夏美が声をかけた。人々の列がゆっくり動き始めた。

住民たちに怪我はない。避難に当たり、多少の不自由はやむを得ない、と普通の消防士なら考える。

あの子は違う、と雅代は首を振った。避難が済めば、それで終わりではない。誰にも怪我をさせない、風邪《かぜ》ひとつ引かせない、そう決めている。

五十人が人員輸送車に乗り込んだ。敬礼した剣崎がドアを閉めた。すぐに戻ります、とドア横の窓を開いた夏美が叫ぶのと同時に、車が走りだした。

3

プリンセスホテルで待機していた救急隊員が、人員輸送車から降りてくる人々の肩に毛布をかけている。泣いている者も多かった。

炎の恐ろしさは、現場にいなければわからない。放心状態の者もいた。

最後の一人が降りたのを確認して、急いでください、と夏美は運転席に向かって叫んだ。了解、と岸本がギアをバックに入れた。

辞めるんじゃなかったのかとからかうように言った剣崎に、今は現場にいます、と夏美は首を振った。

「わたしはまだ消防士で、避難誘導に全力を尽くす義務があります」

岸本がアクセルを踏み込んだ。三分後、待機していた百人の前に人員輸送車が戻った。

車両のドアを開け、落ち着いて一人ずつ乗ってください、と夏美は抑えた声で言った。大声が混乱を誘発することもある。

誰よりも臆病《おくびょう》だから、待っている人たちの気持ちがわかる。落ち着いてと声をかけたのは、自分自身への戒《いまし》めでもあった。

人々が人員輸送車に乗り込んだのを確認した雅代が、剣崎くん、と声をかけた。

「後は港区の水上《すいじょう》消防署員に任せる。消火に加われ、とギンイチ全小隊に命令が出た」

でも、人命検索に割《さ》く人員がいない、と雅代がキャロットマンションに続く狭い進入路を速足で進んだ。

「強風で火勢が激しくなっている。このままだと二号棟だけではなく、他の二棟や周辺家屋にも延焼する。芝公園署とギンイチで炎を食い止めている。研修中の各班に、マンション内での人命検索を命じた。応援に回るように」

　了解です、と剣崎がうなずいた。風間班と芝村班はマンション奥、南側の非常階段から上へ向かった、と雅代が言った。

「殿山班は北側の非常階段から上がっている。杉本くんたちは先発した。剣崎くんは臨時の小隊長として神谷と殿山班の二人を率《ひき》い三階へ上がり、待機している殿山班、杉本班と合流のこと。殿山班が四階、杉本班が五階の人命検索を行なう」

　各フロアには部屋が七つある、と雅代が停まっていたポンプ車の前で図面を開いた。すぐ横に、殿山班の河東《かわひがし》と金村《かねむら》が立っていた。

「情報が錯綜《さくそう》して、どの部屋の家族が避難したか確定できない。各部屋を捜索、確認のこと。装備はポンプ車内にある」

　全員、面体装着、と剣崎が向き直った。

「インパルスと水タンク、十リットルの空気ボンベを準備せよ。三階まで一気に上がる。合流したら、各班長の指示を待て」

　夏美は目線を上げた。キャロットマンション二号棟の三階全室の窓ガラスが割れ、左側の三室からは炎と黒煙が噴き出していた。火元の三〇二号室と、両隣の二部屋だ。

　地上から芝公園署、ギンイチの小隊が放水を続けているが、外廊下の手摺り壁が邪魔になって水が届いていない。高所から放水するべきだが、横道が狭いので大型はしご車は入れなかった。

　非常階段は無事だ、と剣崎が指さした。

「階段の手摺り壁はコンクリートで、炎を防ぐ厚さがある。いいか、一歩マンションに足を踏み入れたら、その瞬間から俺たちも要救になる。俺の指示に従え」

　河東と金村がポンプ車から装備を出し、空気ボンベと水タンクを背負った。トータル約三十キロだ。

　夏美は剣崎と互いの装備を確認してから、マンションに向かった。空気ボンベと水タンクが肩に食い込んだ。

　剣崎の指示に従い、北側の非常階段を素早く駆け上がった。膨《ふく》らんだホースが何本も下から上へ続いている。滝《たき》のような勢いで、階段から水が流れ落ちていた。

　三階に上がると、一気に熱が押し寄せてきた。峠と鰐口が筒先を炎に向けているのが見えた。

「どうなってる？」

　大声で怒鳴った剣崎に、ええところに来た、と峠が顔だけを向けた。

「三分前まで、わしらも非常階段におった。炎の勢いが強くて、三階に上がれんかったんじゃ。集中放水で何とか鎮《しず》めたが、この先どうなるかわからん」

　今は大丈夫です、と鰐口が筒先を握ったまま叫んだ。

「三〇二号室は全焼、三〇一、三〇三も同じで、三階全体に炎が広がっていますが、このままなら抑え込めると思います」

ほいじゃが、と峠が首を振った。

「逃げ場を失った炎は上に向かう。いずれは四階に届く……退路の確保を命じられ、殿山さんともう一人が四階へ上がっちょる。河東と金村は応援に行け。杉本班長は五階に向かった。剣崎さんと神谷を待っちょるけえ、早《はよ》う行け」

三〇三号室で爆発音がした。逃げるならガスぐらい止めえや、と峠が顔をしかめた。

「ここは三人でええ。人命検索言うても、ひと部屋六十平米《へいべい》のマンションじゃ。七部屋を調べるのに時間はかからん」

先に行きます、と殿山班の二人が階段を上がった。遅いぞ、と面体のイヤホンから杉本の声がした。

「剣崎、俺は五階の五〇七号室にいる。さっさと上がってこい」

剣崎が非常階段を上がり、夏美はその後に続いた。四階フロアに出ると、嫌な臭いが鼻をついた。塗料の焦げる臭いだ。

気をつけろ、と四〇一号室の前にいた殿山が振り返った。

「四階でも延焼が始まったようだ。ペンキかカーペットの染料が焦げて、有毒ガスが出ている。五階はまだ大丈夫だろうが、急いだ方がいい」

剣崎が一段飛ばしで階段を駆け上がった。五階に出ると、焦げた臭いが消えた。熱も感じられない。

　こっちだ、と五〇六号室から出てきた杉本が叫んだ。風間班と芝村班はどこだ、と剣崎が外廊下を見回した。

「南の非常階段から上がったんじゃないのか？」

　三階で人命検索中だ、と杉本が大声で言った。

「延焼しているから、簡単には室内に入れない。四階と五階は任せると無線で連絡があった」

　五〇五号室を頼む、と杉本が部屋を指さした。

「五〇七、五〇六号室は調べたが、誰もいなかった。俺は五〇四号室に回る。五〇五が終わったら、五〇三、五〇一号室を確認しろ。要救がいたら無線で呼べ」

　プリンセスホテルでキャロットマンションの住人の確認が始まったようだ、と杉本が無線のボタンに触れた。夏美も面体越しに耳に手を当てると、報告をする男の声が聞こえた。

『……住人たちが管理組合を作っていたので、一号棟と三号棟の住人全員の無事が確認できた。ただし、二号棟五階、五〇一号室、五〇二号室の住人と連絡が取れない。大至急、二部屋を確認せよ』

　不動産会社が全戸のマスターキーを管理していた、と杉本が鍵《かぎ》をポケットから取り出した。

「部屋は一ＬＤＫ、間取りはすべて同じだ。入ると左手にトイレ、短い廊下があり、その先がリビング、ダイニングキッチン。バスルームはトイレの向かい、寝室はリビングの奥。ベランダも確認しろ。火災発生時に全戸の電気が自動停止したので、照明はつかない。明かりは面体のライトと懐中電灯だけだ。慎重に調べろ。終わり次第、北側非常階段に戻れ」

杉本が五〇四号室に入った。始めるぞ、と剣崎が五〇五号室のドアを開けた。

中は真っ暗で、夏美は懐中電灯を右に向けた。トイレとバスルームから人の気配はしなかったが、見落としがないか扉を開いて確認した。

俺は寝室とベランダを見てくる、と剣崎が言った。

「お前はリビング、ダイニングキッチンを頼む。暗闇だと人が倒れていてもわかりづらい。注意しろ」

短い廊下を進んだ剣崎がリビングを通り、寝室へ向かった。夏美はリビングに入り、床に懐中電灯を向けた。

リビングとダイニングルームを調べてから、対面キッチンへ回った。狭いので、捜索はすぐに終わった。

誰もいません、と戻ってきた剣崎に伝えると、五〇五号室の人命検索完了、とうなずいた。

「次は五〇三号室だ。急げ」

玄関から外廊下に出た時、背後で小さな音が聞こえた。

「今のは何ですか?」

何も聞こえなかったぞ、と剣崎が首を捻《ひね》った。

「空耳じゃないか? 誰もいなかっ――」

こちら四階殿山、と悲鳴のような声が内蔵イヤホンから流れ出した。夏美は面体を両手で押さえ、耳を澄ませた。

4

「四〇二号室より出火！」

聞こえている、と雅代はマイクを摑んだ。風呂場の床から突然火が上がりました、と殿山が叫んだ。

「土井垣《どいがき》が炎の直撃に遭《あ》い、転倒、頭を打って意識を失っています。自分は無事です。土井垣を外に出します」

「四〇二号室の人命検索は？」

終わっています、と殿山がかすれた声で答えた。

「金村からも、四〇一号室の人命検索完了の報告がありました。四階に要救はいません。今から降ります」

「土井垣くんは？」

呼吸しています、と殿山が舌打ちした。

「救急車の手配を願います」

もう来てます、と隣で金井が親指を立てた。雅代はマイクを握り直した。

「三階、退路の確保は？」

今んところ大丈夫です、と峠の間延びした声が聞こえた。

「炎を抑え込んじょりますが、風向きが変わるとちいと厄介《やっかい》ではあります」

風が酸素を運ぶ、と雅代はつぶやいた。燃焼には三つの要素がある。可燃物があること、熱源があること、酸素があることだ。

三つの要素が揃わないと、燃焼は起こらない。いずれかひとつを抑えれば、炎を消せる。

マンション火災では、室内の家具を焼き尽くしても、壁、床、天井が残る。従って、可燃物の除去はできない。

熱源とは、三〇二号室で発生した炎を指す。放水で冷却を試みているが、まだ時間がかかるだろう。

燃焼の際、炎は酸素を消費する。濃度が薄くなると、燃焼速度が落ちる。

ここまで炎を抑え込むことができたのはそのためだが、風向きが変わり、大量の空気が三階に入り込めば、炎は勢いを増す。

「柳、聞こえるか」

無線から芝公園署の佐々司令長の声が聞こえた。

「放水を三階、四階の非常階段に集中、と全小隊に命じた。四階で出火したのは四〇二号室だけだ。四階で人命検索中の消防士を三階へ降ろせ」

「五階に杉本班の三人がいます」

五分以内に人命検索を終わらせろ、と佐々が命じた。

「面体を装着して、有毒ガスが漏れている四階を通り、三階へ降りたら各班と合流、下へ向かえ」

彼らは研修生です、とマイクを強く摑んだ雅代に、落ち着け、と佐々が苦笑する声がした。

「全員フル装備で、空気ボンベもインパルスもある。下には百人近い消防士がいるし、救急車も待機中だ。五階で出火は起きていない。人命検索が終われば任務完了だ。北側の非常階段を降りれば危険はない。いいか、五分だ。わかったな」

佐々が無線を切った。杉本くん、と雅代はマイクに呼びかけた。

「四階四〇二号室から出火あり。消防士が転倒して意識を失い、殿山班が搬送中。四階の火が五階まで届くのは時間の問題よ。人命検索は？」

五〇二号室と五〇一号室がまだです、と杉本が言った。

「無線は聞いていました。佐々司令長の指示通り、五分で終わらせます。その後三階で峠たちと合流、一階に降ります」

風が北風に変わった、と雅代は金井が差し出した気象図に目をやった。

「三階の外廊下に直接吹き込むと、すぐにでも炎が勢いを増す。必ず五分以内に人命検索を終わらせること。周囲に注意、状況に変化があれば連絡せよ」

急ぎますと言った杉本に、神谷は、と雅代は尋ねた。

「剣崎と人命検索中です……柳司令補、五〇二号室の人命検索が完了、剣崎と神谷は五〇一号室に入りました。ぼくは非常階段で二人を待ちます」

杉本が無線を切った。神谷が気になりますか、と金井が雅代の前に回った。

「大丈夫ですよ。あいつも素人じゃありません。五〇一号室に要救がいれば話は違いますが、それはないと思いますね」

「理由は？」

五〇一号室に住んでいるのは三十代の夫婦と娘です、と金井がタブレットの画面に目をやった。

「五〇二号室の住人とキャンプへ行く、と友人に話していたそうです。五〇一号室には誰もいませんよ。人命検索が終われば、後は降りてくるだけです。心配なのはわかりますが……」

だから危ない、と雅代は言った。

「神谷だけじゃない。杉本くんたちは優秀な消防士よ。でも、それは油断に繋がる。平坦《へいたん》な道でも事故は起きる」

宇頭くん、と雅代は無線を切り替えた。

「小隊を率いて二階まで上がり、殿山班と杉本班の無事を確認せよ」

了解、とくぐもった宇頭の声がした。雅代は三階に目を向けた。風が勢いを増していた。

5

「殿山、聞こえるか？」

五〇一号室を出た夏美の前で、杉本が面体のボタンを押した。どうした、と無線から殿山の声が聞こえた。

「四階で出火があったと連絡が入った。状況は？」

四〇二号室だ、と殿山が言った。

「バスルームの床から突然炎が上がって、転倒した土井垣が頭を打ち、意識を失った。奴の体重は百キロ以上だ。担架を作るのに時間を食ったが、今から北側非常階段に戻って下へ降りる。四階の人命検索は終わった」

「了解」

有毒ガスが流れてる、と殿山が舌打ちした。

「面体があれば問題ないが、気をつけろ。五階はどうだ？」

振り返った杉本に、剣崎が指で丸を作った。人命検索完了、と杉本が言った。

「火も出ていない。こっちは大丈夫だ」

早う降りてくれ、と無線から峠の声がした。

「強い風が奥から吹き込んできた。三人で退路を確保しちょるが、いつまで保つかわからん。風間班と芝村班は一階に降りた。杉本班長、五階から離れた方がええ。火元の三〇二号室の炎が天井を燃やし、それが四階のバスルームを貫いたんじゃ。三〇二号室の火勢は酷い。五階も燃えるかもしれん」

わかったとうなずいた杉本に、待ってください、と夏美は言った。

「どうした?」

五〇五号室で物音を聞きました、と夏美は外廊下の奥を指さした。

「誰か……いるのかもしれません」

杉本が横に視線をずらした。俺は聞こえなかった、と剣崎が肩をすくめた。

「部屋を出たところで、何か音がしたと神谷が言ったが、面体を装着していたし、サイレンや放水、火災報知機も鳴りっ放しだ。小さな音まではわからない」

「確認は?」

誰もいなかった、と剣崎が言った。

「それは間違いない。呼びかけもしたし、各部屋、トイレ、浴室、ベランダ、すべてチェック済みだ」

赤ん坊かもしれません、と夏美は一歩前に出た。

「分譲マンションですよね? ほとんどが家族世帯でしょう。赤ん坊がいても、おかしくありません」

「両親は? 火事が起きて逃げたが、赤ん坊を忘れた? そんなはずないだろう」

勘違いはあります、と夏美は首を振った。

「母親は父親が、父親は母親が赤ん坊と一緒だと思い込んでいたら? 火災現場は混乱しています。赤ん坊なら、呼びかけても答えません」

泣くはずだ、と杉本が顎に手をかけた。

「どんな音だ？　確実に聞いたと言い切れるのか？　三階フロアは燃えている。床が傾《かし》いだり、そんなこともあるだろう。その音じゃないか？　五分以内に三階へ降りろ、と柳司令補から命令があった。今から五〇五号室に戻り、人命検索をやり直すのはリスクが大き過ぎる」

四階でも出火している、とそれまで黙っていた剣崎が口を開いた。

「この強風だ。四〇二号室の火勢は激しいだろう。延焼の規模によっては、下へ降りることができなくなる。炎が広がるタイミングは、ベテラン消防士でも予測できない。人命検索に戻るのか、退避するのか、すぐに決めないとまずい」

神谷、と杉本が顔を向けた。

「五〇二号室から出火すれば、逃げ場はない。赤ん坊がいるのが確かなら、誰が止めても救いに行くが、音が聞こえただけじゃ動けない。俺たちも要救で、無事に戻る義務がある。絶対だと言うなら五〇五号室に戻るが、そうでなければ退避だ」

音が聞こえたのは確かです、と夏美は言った。

「火災現場では異質な音でした。何かが割れたとか、そういう類《たぐい》の音ではありません」

杉本が面体のマイクに触れると、こちら柳、という声が夏美にも聞こえた。

「五階杉本です。今から五〇五号室の人命検索に向かいます。杉本、剣崎、神谷の三人です」

「人命検索？　完了したと言ったはずよ？」

神谷が五〇五号室で物音を聞きました、と杉本が言った。

「赤ん坊がいるのかもしれません。再検索し、誰もいなければ下へ降ります」

これは訓練じゃない、と雅代が低い声で言った。

「今になって再検索？　何を考えてるの？」

「万が一に備えるのが消防士の義務です」

どうかしている、と雅代がため息をついた。

「急ぎなさい。四〇二号室の炎は下からでも視認できるほど勢いが強い。数分以内に四階フロアは火の海になる。炎が五階へ回ったら、どうにもならない」

「三階の火勢は？」

手がつけられない、と雅代が答えた。

「火元の三〇二号室を中心に、ほぼ全焼した。でも、集中放水で退路を確保している。ただし、南側の非常階段は使えなくなった。現在地は？」

「五階、五〇一号室の前です」

「五〇五号室の再検索を許可する。二分以内に終え、退避せよ。以上」

剣崎は玄関前で待機、と杉本が怒鳴った。

「出火があればすぐ知らせろ。室内は俺と神谷で調べる。神谷はトイレと浴室、リビング、俺はベランダ、寝室、キッチン、ダイニングルームだ」

杉本が五〇五号室のドアを開けた。

「剣崎、三十秒ごとにカウントを頼む。一分半を越えたら十秒ごとだ。二分経ったら人命検索を中止、北側非常階段へ戻って下に降りる。急げ！」

夏美は廊下のトイレのドアを大きく開いた。掃き出し窓を開いた杉本がベランダに出ると、熱風と火の粉が吹き込んできた。

浴室を調べろ、と杉本が指示した。三十秒、と開いたままのドアから剣崎の声が聞こえた。

夏美は浴室に入り、室内を懐中電灯で照らした。二畳ほどのスペースに、バスタブと洗い場がある。バスタブの蓋を外して確認したが、誰もいなかった。

「一分経った！」

剣崎の怒鳴り声と、無線のノイズが重なった。火の粉が舞っている。

「神谷、リビングを調べろ。俺はキッチンとダイニングルームだ」

暗闇に夏美と杉本のライトが交錯した。残り三十秒、と剣崎がドアを叩いた。

「五〇二号室から煙が出てる。出火を確認！」

夏美は姿勢を低くして、左右に目をやった。

あの時、確かに音を聞いた。何かが動いた音だ。だが、幼児なら泣き声を上げているはずだ。

あと十秒、と剣崎が叫んだ。戻るぞ、と杉本が怒鳴った。

「神谷、誰もいない。退避する！」

夏美は目をつぶり、音の気配を捜《さが》して、耳に神経を集中させた。

「二分経ったぞ！　出ろ！」

剣崎の声と靴音が重なった。神谷、と杉本が腕を強く引いた。

「お前の勘違いだ。行くぞ！」

夏美は杉本の腕を払った。勘違いと笑われてもいい。だが、何かが違う。

「いいかげんにしろ！」

杉本の怒鳴り声の陰に、かすかな音が潜《ひそ》んでいた。夏美は寝室に飛び込み、懐中電灯を床に向けた。部屋の隅に、折り畳まれた薄いブランケットがあった。

手を伸ばし、ブランケットを取った。小さなケージの中で、子犬が震えていた。

嘘《うそ》だろ、と後ろで杉本がつぶやいた。夏美は子犬を抱き上げ、玄関へ走った。

犬か、と目を丸くした剣崎が、急げ、と怒鳴った。五〇二号室の窓が割れ、炎が出ていた。

突破する、と杉本が先頭に立った。

「二人は俺の後ろにつけ。頭を下げろ。一気に駆け抜ける」

救った命だ、と剣崎が夏美の肩に手を掛けた。

「子犬を守れ。お前は俺が守る」

夏美は頭を低くして杉本に続き、外廊下を走った。五〇二号室の前を通り抜けた時、爆発音がした。窓が大きく割れ、爆風にあおられた夏美をかばった剣崎がその場に倒れた。

大丈夫か、と振り向いた杉本が叫ぶと、膝を打っただけだ、と倒れたまま剣崎が言った。

「危なかったな。三秒遅かったら、直撃を食らってたぞ」

三階まで降りるぞ、と杉本が懐中電灯で階段を照らした。夏美の腕の中で、子犬が体を硬くしていた。

6

鎮火の報告が入ったのは午前五時だった。一時間経った、と雅代はギンイチのグラウンドに目をやった。杉本班の五人が全力で走っていた。

キャロットマンションから退避した五人は村田に呼び出され、厳重注意を受けた。ペナルティは無制限のランニングだった。

神谷はどうかしている、と背後で村田の声がした。

「犬も要救だというが、そいつは建前に過ぎん。危険を顧《かえり》みずに犬を救った？　死なななかったのは運が良かったからだ」

赤ん坊だと思ったそうです、と雅代は前を向いたまま言った。

「何かがいる気配がしたと……」

犬だった、と村田が鼻を鳴らした。

「犬のために命を懸ける馬鹿がどこにいる？　まったく……どうして子犬は鳴かなかったんだ？」

あのマンションはペット禁止です、と雅代は言った。

「拾ってきた子犬を子供が飼うと言い張り、親も許しましたが、無駄吠《ぼ》えしつけ用の首輪を付けていたんです」

「何のことだ？」

「吠えると電流が流れて、ショックを与えます。痛みはないとメーカーは説明していますが、中にはスタンガン並みの電流を流す商品もあるそうです」

動物虐待《ぎゃくたい》だと呻いた村田に、隠して飼うのは無理だったんです、と雅代はうなずいた。

「無理を通すために、電流が流れる首輪をつけ、吠えないようにしつけた……鳴かなかったのではなく、鳴けなかったんです」

どうして神谷が犬に気づいたのかわかりません、と雅代は村田に顔を向けた。

「火災現場はいつだって音の洪水です。放水音、サイレン、やじ馬の叫び声、無線、燃焼音……その中で、神谷は音を聞きました」

「犬か？　だが、鳴けなかったんだろう？」

命の音に気づいたんです、と雅代は走っている夏美を目で追った。

「何も聞こえなかった、と剣崎くんは報告しています。杉本くんも犬に気づきませんでした。神谷だけが命の音を聞いたんです」

偶然だ、と村田が苦笑を浮かべた。

「判断も間違っていた。音を聞いたなら、最初から徹底的に調べるべきだった。俺に言わせれば、最悪の消防士だ。現場で迷う奴はこの仕事に向いてない」

一度人命検索をした場所に戻るのはリスクしかありません、と雅代はうなずいた。

「今回は無事に済みましたが、次はどうなるかわかりません。わたしでもペナルティを科したでしょう」

「そうか？　納得してるようには見えないぞ」

　地顔です、と雅代は頬に触れた。

「ですが……他にミスはありませんでした」

　あいつは違う、と村田が夏美を指さした。

「五〇二号室から噴き出た炎の直撃を避けたが、間一髪だった。剣崎の防火服にガラスの破片が刺さっていたが、ひとつ間違えば爆風で五階から落ちたかもしれん。神谷の判断、杉本の指示、何もかも間違いだらけだ。あいつらは何もわかっていない」

「意見を言っても構いませんか？」

　聞こう、と村田が腕を組んだ。

　消防士には体力が必須です、と雅代は自分の肩に触れた。

「高い水準の体力を要求する司令長の方針は理解できます。ですが、他の能力も加味して考慮するべきだと考えます」

「一般教養や専門知識に精通した奴を選べと？　ペーパーテストの成績なんか、犬に食わせろ。俺が必要としているのは、火災現場で消火と人命救助ができる消防士だ。馬鹿じゃ務まらんが、頭がいいだけの奴はもっと使えん」

　体力や成績より重要なものがあります、と雅代は言った。

「命の重さを理解している消防士がギンイチには必要です。わたしたちはお互いに命を預け合っています。信じられない者とバディは組めません」
無言で背を向けた村田が去っていった。ラスト三周、と雅代は五人に声をかけた。

fire 6　昇降訓練

1

午前七時半、雅代の指示で杉本班の五人は食堂に向かった。まず食事、と入り口で雅代が言った。

「予定を変更して、午前中は座学に充《あ》てる。朝食を済ませたら、シャワーを浴びて着替えること」

体調管理も仕事のうち、と雅代がその場を離れた。杉本がトレイを取り、峠たちが後ろに並んだ。夏美は最後だ。

「お疲れ」

朝食を取っていた他班の研修生の声に、周囲から馬鹿にしたような笑いが起きた。無視しろ、と杉本が低い声で言ったが、大変だったな、と殿山班の岸野が立ち上がった。

「犬を救うために死にかけたなんて、立派なもんだ。消防士の鑑《かがみ》だな。室内のガスが爆発するのが数秒早かったら、誰かが五階から落ちていただろう。運も実力のうちだから、それだけの力があるってことだ。羨《うらや》ましいよ」

止めろ、と殿山が口を尖らせた。

「余計なことは言うな……杉本、すまない。ちょっとした冗談だ」

無言で杉本が並んでいる小鉢に手を伸ばした。岸野に限ったことじゃない、と近づいた殿山が囁いた。

「みんな気が立ってる。ろくに寝てないし、火災現場に出場していたんだ。まだ興奮が収まっていない」

わかってる、と杉本がトレイにコロッケの皿を載せた。岸野、と殿山が振り向いた。

「各班が小隊編成なのは、管理のためだ。研修は班同士の対抗戦じゃない。いいな?」

岸野たち四人が席を立った。芝村班と殿山班の班員たちが薄笑いを浮かべながら、様子を見ている。

親切のつもりで言ったんだ、と食堂の出入り口で岸野が足を止めた。

「研修を受けているのは、全国の消防署から選ばれた優秀な消防士だ。それでも、合格できるとは限らない」

最初から無理な奴もいる、と岸野が夏美を睨みつけた。

「男だ女だ、そんな下らないことを言う気はないが、お前には無理なんだ。懸垂一回しかできない奴に、筒先が握れると思ってるのか？」

止せ、と殿山が腕を摑んだが、岸野が振り払った。

「消防士は危険な仕事だ。一人では炎に勝てない。だから、俺たちはチームで戦う」

目を逸らした夏美に、ラッキーが続いたから無事に済んだ、と岸野が言った。

「お前と別の班で助かったよ。研修はまだ二カ月以上続く。火災が起きれば、出場を命じられるだろう」

何が言いたいんじゃ、と峠が一歩前に出た。神谷のせいで杉本班が全滅しないことを祈ってるよ、と岸野が吐き捨てた。

「二つ以上の小隊が組んで、中隊編成になる場合もある。殿山班と杉本班が組むかもしれないが、巻き添えは勘弁してくれ。研修中の殉職なんて、洒落《しゃれ》にならない」

そこまで危険な仕事を俺たちに任せると思ってるのか、と剣崎が言った。

「村田司令長は俺たちを消防士として認めていないんだぞ？　研修生を現場の最前線に配置するわけがない。キャロットマンション火災の消火指揮を執っていたのは芝公園署だ。村田さんなら、俺たちに人命検索をさせなかった」

女だからって甘やかし過ぎだ、と岸野が顔を歪めた。

「神谷の親父《おやじ》さんが殉職したのは知ってる。神谷誠一郎は伝説のファイヤーファイターで、知らなかったらもぐりだよ。村田司令長を救うために炎に突っ込んだと聞いた」

何の話じゃと言った峠に、妙《みょう》だと思ってた、と岸野が鼻を鳴らした。

「事務職員と同レベルの体力しかない神谷が、何で研修生に選ばれたんだってな。神谷誠一郎への忖度か？　本人にとっては重荷だろう。さっさと辞めろ」

無言で杉本がトレイを床に叩きつけた。岸野、と剣崎が怒鳴った。

「殉職した消防士の名誉を傷つけるのか？　表に出ろ！」

止めろ、と殿山が怒鳴った。そんなつもりはない、と岸野が一歩下がった。

「俺だって神谷誠一郎を尊敬している。だが、娘なら何でもありか？　神谷も辞退するとは言いにくいさ。お前らが引導を渡せよ。その方が神谷も楽になれる」

岸野の腕を摑んだ殿山が強引に引っ張り、食堂を出て行った。他班の研修生もその後に続いた。

飯にしよう、と杉本が新しいトレイを手にした。

「ギンイチの消防士もいないし、静かでいい。食ったら部屋に戻るぞ。体が汗まみれで気分が悪い」

何なんじゃあいつは、と峠がトレイを抱えたまま椅子に座った。

「偉そうに文句ばかり垂れよって……何様のつもりじゃ？」

代弁者のつもりだろう、と剣崎が大盛りのご飯にみそ汁をぶっかけた。

「殿山は止めに入ったが、本音は岸野と同じかもな。他の連中も、神谷の資質に疑問を持っている。俺も不安がないわけじゃない……だが、神谷が子犬を救ったのは確かだ。この目で見たんだから間違いない」

よう気づいたのお、と峠が唸った。食いながら聞け、と杉本が言った。

「神谷、辞退したいか？」

そのつもりでした、と夏美は言った。

「最初から無理だと思ってましたし、体格も体力も差があります。とてもついていけないと……ですが、何もできない最低の消防士とレッテルを貼られたままでは引き下がれません。残れば、杉本さんたちの足を引っ張るかもしれませんが……」

岸野が言ったこともあながち間違いじゃない、と剣崎がみそ汁に口を付けた。

「消防士はチームで動く。一人のミスが全員の死に直結する。神谷の体力レベルは低く、炎はその弱点を衝《つ》く。お前が潰れたら、総崩れになるだろう」

わかってます、と夏美は顔を伏せた。ですが、と鰐口が左右に目をやった。

「神谷さんは信頼できる消防士だとぼくは思います。誰も気づかなかった子犬の悲鳴を聞き、救ったんですよ？　ぼくに何かあった時、神谷さんなら必ず救いに来る……チームで動くって、そういうことでしょう？」

わしらに迷惑をかけたくないっちゅうんじゃったら、と峠が言った。

「そりゃお門違いよ。消防士は誰のことも見捨てん。そうじゃろ？　お前が辞める言うんなら、止めはせん。じゃけど、やる気があるんじゃったら、なんぼでも手を貸すで」

人命を救うには体力が必要だ、と杉本が鳥の唐揚《からあ》げを口にほうり込んだ。

「ギンイチの研修は厳しい。だが、乗り越えれば体力が備わる。やれるか、神谷」

やります、と夏美は頭を下げた。それならもっと食え、と剣崎が小鉢を並べた。

2

銀座七丁目、木挽《こび》き通りの町中華〝登第楼《とうだいろう》〟で、雅代は村田たちと昼食を摂っていた。安い、早い、美味い、三拍子揃っている上に量が多い。歩いて二十分ほどかかるが、ギンイチ御用達《ごようたし》の店だ。

ひと月経ったな、とチャーハンを食べ終えた村田がレンゲを置いた。三月三日月曜日。少しだけ風が暖かくなっていた。

「今回は離脱者が少ない」

勘弁してくださいい、と麻婆《マーボー》ラーメンを食べていた宇頭が噴き出した。

「初日で十人辞めてるんですよ?」

「だから手加減してるんじゃないか?」

まさか、と大久保が餃子《ぎょうざ》を丸呑《まるの》みにした。

「訓練中の怪我は毎日のように起きています。正直、過去三回の研修よりハードですよ」

連中も悲鳴をあげたいでしょう、と金井が言った。

「もう辞めてやる、と思ってる奴もいるんじゃないですか?　ただ、最初の一人にはなりたくないと誰でも思います。気持ちはわかりますよ。一人が辞退願を出せば、十人がそれに続くでしょうね」

雅代は名物の鶏塩《とりしお》そばのスープを飲んだ。辞退者が出ない理由はわかっていた。

神谷夏美が残っている限り、誰もギブアップできない。意地であり、見栄と言っていい。

落とすための研修じゃない、と村田が言った。

「柳に説教されたが、ギンイチに入ってから伸びる者がいるかもしれん。それは認めている」

説教はしていませんと言った雅代を無視して、だからと言って誰でもいいわけじゃない、と村田が顔をしかめた。

「希望する者を全員ギンイチに入れ、一から教え、その能力を伸ばす……理想ではあるが、現実には無理だ。各消防署から選抜された消防士の実力を確かめ、合否を決める。即戦力、もしくはそれに準ずるレベルの者、と線を引いている」

まだ二カ月あります、と金井が言った。

「辞める者は辞めるし、残る者は残りますよ。もっとも、最終面接はね……前回は六人落としましたよね？」

消防士としての適性に欠ける者は不要だ、と村田が言った。

「体力、思考力、判断力、統率力、あらゆる資質の根底にモラルは必須で、それを理解できない者と炎に飛び込むのは自殺行為だ。だから、慎重に選ばざるを得ない」

今までとは違いますね、と宇頭が首を傾げた。

「最終面接では、文字通り面接をしてきました。今回は設問形式ですか？　母親と恋人がボートから落ちた、一人しか救えない、どちらに手を伸ばすか……どういう意味です？　モラルを問うってことですか？　しかし、母親と恋人の二択は難しいでしょう」

　全員が雅代に視線を向けた。司令長の回答は自宅に持ち帰った、と雅代は言った。

「わたしも見ていない。正解はないと思っている。状況にもよるだろうし――」

　正解はある、と村田がお茶を飲んだ。本当だろうか、と雅代はその顔を見つめた。

　母親と恋人のどちらかを選ぶのは難しい。朧《おぼろ》げな正解は頭に浮かんでいたが、村田が何を考えているのか、それはわからないままだった。

　とにかくひと月経った、と村田が言った。

「ここからが本番だ。気を引き締めろ」

　個室のドアが開き、店員が追加の八宝菜《はっぽうさい》とレバニラ炒《いた》めをテーブルに置いた。全員の箸が動き出した。

3

　夏美は鉄棒から手を離した。二回はないだろう、と剣崎が腕を組んだ。

　夕食後、グラウンドで自主練習をするようになって、半月が経っていた。

「消防士は体力がすべてだと世間は思ってるだろうが」そんなことはない、と剣崎が苦笑した。

「筋肉だけで炎が消せるなら苦労はしない。神谷は座学でトップスリーに入るし、判断も早く、的確だ。とはいえ、懸垂二回はまずい。中学生の女子より酷いぞ」

　夏美は自分の手のひらを見つめた。うっすらと痺れが残っていた。

　消防士に必要な資質は多岐にわたる。さまざまな考え方があるが、筒先を握る者にとって、最低限の体力は必須だ。

　現在の消防のルーツは明治初期にあるが、初めて女性消防士が採用されたのは一九六九年二月、川崎《かわさき》市消防局だった。東京消防庁が女性職員を採用したのはその三年後、一九七二年だ。川崎市消防局で採用された女性消防士も当初は吏員であり、事務方だった。その後全国の自治体消防署が女性消防士の採用に踏み切ったが、二〇〇四年まで女性は火災現場へ出場できなかった。

　今も、男女比は圧倒的な差がある。消防白書に公表されている数字では、男性消防職員が約十五万人、女性消防職員は約五千人、比率にして九十七対三だ。現場へ出る女性消防士はもっと低い。

　現実的に考えればやむを得ない。女性と男性では筋肉量が違う。必然的に、女性の荷重耐性は低くなる。

　火災現場では自分より体重が重い意識不明者の救出に当たることもある。腕力、体格に劣る女性消防士の絶対数が少ないのは、ある意味で当然だった。

　夏美も体格の壁に苦しんできた。八王子第七消防署では、周囲から厳しい視線を浴びせられ、人一倍努力をしてきたつもりだが、壁を超えることができずにいた。

スタミナはある、と剣崎の隣に立った杉本が口を開いた。

「百キロ走でもこなせるだろうが、懸垂は厳しい」

ギンイチでの研修では、毎日二時間が基礎体力訓練に充てられる。教官が示す数字、回数を超えなければ次に進めない。

他の種目はともかく、懸垂はクリアできずにいた。東京消防庁では男性消防士の目安を十五回、女性は八回としているが、夏美の自己ベストは二回だった。

三月末に体力テストをやるそうだ、と杉本が言った。

「合否のためのテストじゃない、と宇頭さんは強調していたが、懸垂二回じゃ辞めろと言われてもおかしくない」

神谷が筒先を握ることもあるだろう、と剣崎が下唇を突き出した。

「ホースに高圧の水が通る瞬間は凄まじい荷重がかかる。男でも吹き飛ばされることがある。だが、体勢を安定させるコツさえ覚えれば――」

体力テストは実戦と違う、と杉本が肩をすくめた。

「テストには基準があるんだ。懸垂で言えば八回、ひと月でクリアできるか？」

懸垂は一発勝負だ、と剣崎が鉄棒に目をやった。

「最初が一番回数をこなせる。腕の筋肉に乳酸が溜まったら、回復するまで時間がかかる。二回しかできずにもう一回チャレンジしても、記録は伸びない。地道に筋力トレーニングをするしかない」

三年間、やってきたつもりです、と夏美は言った。

「それでも駄目でした。ひと月で変わるとは思えません」

諦めるくらいなら、と杉本が鉄棒を叩いた。

「さっさと辞めた方がいい。前から思ってたが、自己流でトレーニングしていたんだろ。八王子で他の消防士に教わらなかったのか?」

「どうせ断わられると思って……」

勘違いしてないか、と杉本が言った。

「何も言わなけりゃ、誰も手は貸さない。余計なお世話だと言われたくないからな。だが、まともな人間なら、断わったりしない。一人のレベルが上がれば、チーム力もアップする。その方が得だ」

教えてもらえますかと言った夏美に、集中して、正しい方法でやれば、と杉本が笑みを浮かべた。

「短期間でも能力は上がる。いくらでも教えるさ。俺たちはチームなんだ」

やってみなけりゃ始まらない、と剣崎が鉄棒に飛びついた。

4

「各員、整列！」

三月十日、午後一時。宇頭が四班の二十人を順に見た。全員フル装備だ。

活動服、防火服、防火手袋、防火靴、防火帽、そして面体を着装している。それだけでも重量十キロ、加えて、背中に十キロの空気ボンベがあった。

今日はタイムレースだ、と宇頭がグラウンド中央の建物を指さした。

「こいつを持って、五階まで上がれ」

足元にあった水の入った大きなタンクを指さした宇頭が、二つで四十キロと言った。

「五階で待機している班員に渡せ。受け取った者はタンクを持って下り、次の班員にリレーする。休憩を挟み、順番を変えてもう一度だ。上りより下りの方が速いが、転倒の危険性は下りの方が圧倒的に高い」

あの建物は仮設に過ぎない、と宇頭が説明を続けた。

「階段の外側と内側に手摺りがあるから、落下はしない。だが、階段を転げ落ちた奴は何人もいた。十分に注意しろ。装備、空気ボンベ、水タンク。総重量は六十キロ。バランスを取るのは難しいぞ」

タイムを計る、と金井が一歩前に出た。

「風間班、芝村班、殿山班、杉本班の順でやれ。タイムは考査の参考にする。風間班、水タンクを運べ」

三月に入り、暖かい日が続いていた。フル装備で立っていると、全身から汗が噴き出すほどだ。

面体の中で、頭が蒸れている。こめかみに垂れてきた汗が不快で、夏美は小さく首を振った。

仮設の建物は五階建てで、高さは約十五メートルだ。十段の階段を上がると踊り場があり、折り返して十段上がるとワンフロア上に出る。

階段のトータルは八十段、両腕に水タンクを持っているので、手摺りは摑めない。倒れかかった時は、体を直接手摺りに預けるしかない。

脚力だけで八十段を上がるのは厳しい。降りる時は体が前傾するので、転倒のリスクがある。それを避けるためには、一歩ずつ脚を止めなければならない。

風間、と宇頭が手を叩いた。

「二人を五階に上げろ。どっちにしても、全員が上りと下りを両方やることになる。順番は適当に決めろ」

ちっとは考えた方がええ、と峠が小声で言った。

「一巡目はともかく、二巡目はきつうなるぞ。上って下るだけじゃが、運動量は半端《はんぱ》ない。わしも自信がない……順番はどないする？」

神谷がトップだ、と杉本が言った。

「少しでも回復時間を稼《かせ》ぐ。俺と剣崎が上で待機する。いいか、駆け上がる、駆け降りる、そんな無茶はするな。転倒して負傷するのは目に見えてる。八十段だから、誰がやっても大きな差は出ない。慎重に行こう」

神谷は違う、と剣崎が首を振った。

「下手をすれば、三階に上がった所で足が止まるぞ」

夏美は水タンクを持ち上げた。ずっしりとした重さがあった。

「装備とボンベだけでも二十キロ、水タンクはひとつ二十キロ……五階まで一気に上げるのは厳しいです」

全員でカバーする、と杉本が言った。

「確実に、できることをやれ。いいな?」

手本を見せてもらおう、と剣崎が建物に目を向けた。風間班の二人が階段を上がっていた。

5

夏美は両手に水タンクを提《さ》げ、階段を見つめた。それだけで手が痛かった。

防火服は文字通り炎から身を守るための服だ。防火繊維を使用しているので頑丈だが、分厚くて動きにくい欠点がある。

それだけでも十キロだ。その上に十キロの空気ボンベを背負い、二つのタンクにはそれぞれ二十リットルの水が入っている。バランスが取りにくかった。

始めろ、と宇頭が命じ、夏美は階段に足を掛けた。一歩ずつ上がっていくしかない。無理をすれば転倒する。

すでに一回目を終えた風間班、芝村班、殿山班、いずれもスピードは遅かった。二回目に備え、様子を見るつもりもあるのだろう。

一週間前から自重トレーニングを始めていた。見せかけの筋肉ではなく、インナーマッスルを意識し、常にカラーボールで握力を鍛えている。一週間で懸垂の回数が三回に増えていた。

夏美は階段を上がった。腕ではなく、下半身の筋肉を使って水タンクを持つと、スムーズに上れた。

速いとは言えないが、遅くもない。ペースとしては悪くなかったが、三階の踊り場で急に足が止まった。腕が肩から外れそうに痛んだ。

次の一歩が踏み出せない。数秒の間に、体全体に感じる重量が倍になった。

「神谷！　水タンクを置け！」

上から杉本の声が降ってきた。

「急がなくていい！　二回目もある。落ち着いて上がってこい！」

階段に水タンクを置き、両手を振った。たかが四十リットルだ。毎日トレーニングを積んでいる。自信を持て。

再び水タンクを持ち、階段を一歩ずつ上がった。それまでの倍の時間をかけて五階に上がると、杉本が水タンクを受け取り、すぐに降り始めた。

「大丈夫か？」

剣崎の問いに、夏美は防火手袋を外した。指が真っ白になっていた。

「三階で集中力が切れました。腕が痛くなって……タイムは？」

三階まで九十二秒、そこからは百五十秒、と剣崎が腕時計に目をやった。

「トータル四分ちょっと、他班の平均は三分強だが、それほど差はない。これは班のタイムレースだ。全員で取り返せばいい」

杉本が素早い足取りで降りて行く。真似《まね》するなよ、と剣崎が夏美の肩を叩いた。

「足腰の強さは、研修生の中でもトップクラスだ……俺でもあのスピードは無理だな。バランスを崩したら、真っ逆さまに落ちるだろう」

杉本が二階まで降りた。下から峠が声をかけていた。

6

面体ぐらい外させえや、と峠がぼやいた。

一回目が終わってから、二十分が経っていた。夏美のタイムは上りが四分二秒、下りは五分四十秒、トータル九分四十二秒だった。

二十人中最下位だが、他班でも八分台後半の者がいる。思っていたより、差はついていなかった。

休憩中もフル装備を命じられたので、全身から汗が滝のように流れ続けていた。見上げると、腹が立つほどの青空が広がっていた。

脱水症状で倒れそうじゃ、と峠が地面を蹴った。疲れると口数が増える癖がある。

「昭和なんか？　水も飲ませんゆうんはどうなんじゃ？」

口を閉じろ、と杉本が命じた。

「待機と休憩では脚力、腕力、どちらも戻らない。怪我に気を付けろ。特に下りだ。踏ん張りが利かなくなるぞ」

三位に上がりたいです、と鰐口が言った。

「三位の殿山班との差は二十二秒です。追いつけないタイムじゃないでしょう？」

それこそ村田司令長の思う壺《つぼ》だ、と剣崎が言った。

「競争心を煽《あお》って、潜在能力を引き出す……狙いはわかるが、怪我をしたら元も子もない」

三月に入ると、班の結束力を試す訓練が増えていた。内容によって順位は変わったが、夏美というハンデを抱えた杉本班は四位ばかりだった。

三位に上がりたいと鰐口が考えるのはわかるが、焦れば空回りするだけだ。それは怪我に直結する。慎重に、と杉本が繰り返すのは、そのためもあった。

風間が階段を上がっていった。大丈夫か、と剣崎が首を傾げた。

「一回目、奴は上り、下り、どちらもトップだった。責任感の強い男だ。自分が引っ張るつもりだろうが、一回目の下りで右足を引きずっていただろ？　無理がたたってるんじゃないか？」

風間さんのトータルタイムは六分五十秒です、と鰐口が言った。

「六分台は風間さんだけです。風間班の平均は七分四十秒、ダントツですよ。班長も七分十秒でしょう？」

煽《あお》るな、と杉本が手首を振った。

「速けりゃいいってわけじゃない。火を消してから家に帰るまでが消防士だ。風間は優秀だが、自分が、という意識が強過ぎる。消防士はスーパーマンじゃないんだ……始まるぞ」

大久保の合図で、風間班の木戸《きど》がスタートした。百八十センチ、百キロの巨体だが、バランスをうまく取り、階段を上っている。

速いとは言えないが、安定感は抜群だ。一度も休まず、三分半で五階に上がった。

水タンクを受け取った風間が降り始めた。体が前のめりになっている。

まずい、と剣崎がつぶやくのと同時に、五段目で足を踏み外し、そのまま踊り場まで落ちていった。グラウンドが静まり返った。

すぐに階段を降りた宇頭と金井が両側から風間に肩を貸し、五階に戻った。待機していた別の班員が、落ちていた水タンクを摑んだ。下に着いたのは五分後だった。

一時中止、と宇頭がトラメガを使って叫んだ。

「足を捻ったただけで、風間は無事だ。今から金井と降り、救護所で手当てをする。風間が降りたら、訓練を再開する」

手摺りで体を支えた風間が片手を上げた。キャプテンシーだな、と杉本が感心したように言った。

金井の肩を借り、風間が階段を降り始めた。グラウンドに降り立ったのは十分後だった。風間班の二人が両脇を抱えたが、代われ、と杉本が駆け寄った。

「すぐお前たちの番だ。一番最後の俺たちに任せろ」

悪い、と片手で拝《おが》んだ風間に、困った時はお互い様だ、と杉本が苦笑を向けた。大丈夫だ、と風間が手を振った。

「段に踵をぶつけただけで、たいした怪我じゃない」

風間を背負った杉本が、大股でグラウンドを横切った。再開する、と宇頭が怒鳴った。

7

遅くなってる、と雅代は囁いた。隣に立っていた大久保がうなずいた。

「風間の実力は全員がわかっています。一回目はトップでした。それでも、ひとつ間違えれば事故が起きます。スピードを落とさざるを得ないでしょう」

芝村班、殿山班、誰の動きも鈍くなっていた。風間の負傷を目の当たりにして、腰が引けている。

火災現場でも同じことが起きる。一人が負傷すると、怯えのために小隊全体の動きが悪くなる。

もっと怯えるべきだ、と雅代はつぶやいた。自分の能力に自信を持つのはいいが、過信すれば他の消防士を巻き込む事故を起こす。そんな消防士を何十人と見てきた。

口癖のように、俺は臆病だと村田は言う。冗談でも韜晦《とうかい》でもない。自分の弱さを認めるのが村田の強さだ。

臆病だから、何をどうするべきか常に考え続ける。消防士にとって何よりも重要な能力はそれだ。

ひと月、二十人を見てきた。一人を除き、他の十九人には高い身体能力がある。だが、それに頼り過ぎていないか。

二十人の中には、百メートルを十一秒台で走る者もいた。速いに越したことはない。だが、火災現場で百メートルを全力疾走で移動することはほとんどない。一度放水ホースを握れば、動くのは半径五メートル以内だ。

もちろん、ホースを抱えて水利から現場まで走ることはあるが、その場合は十二秒も二十秒も変わらない。速さよりも確実さが要求される。それが消防という仕事だ。

「風間くんの怪我は？」

救護所からの連絡では、と大久保が胸の無線に手をやった。

「踵を階段にぶつけたようです。あれは痛いですからね……しかし、前回の訓練と比べたら、たいしたことはありませんよ」

膝十字靭帯断裂《ひざじゅうじじんたいだんれつ》、と雅代はため息をついた。

「ひと月入院、退院してからも現場復帰まで約半年のリハビリ……村田司令長以下、わたしたち教官全員が始末書を出した。でも、あれは研修生の油断による事故だった。二階まで降りて気が緩み、そのまま一階まで転げ落ちたのは見たでしょ？」

それは言わない約束です、と大久保が頭を掻いた。

「こっちには管理責任がありますからね……杉本班の番です」

雅代は夏美を目で追った。怯えているだろう。階段を落ちた風間を見て、怯えない方がおかしい。

ここが正念場だ。恐怖心を意志の力で抑え付けられるのか。

「一回目よりタイムが遅かったら、神谷を八王子に戻す。適性がないと判断せざるを得ない」

風間の怪我とは関係なく、と大久保が囁いた。

「体力的に厳しいでしょう。それに、全員がタイムを落としてます。神谷のエンジンはもともと小さいんです。無理をすれば、捻挫じゃ済みません。適性がないと言われても……」

体力だけが消防士じゃない、と雅代は首を振った。大久保が口を閉じた。

8

一回目と逆で、夏美と峠、そして鰐口が先に上がった。五階は吹きさらしで、強い横風に体が煽られた。

気ぃつけえや、と峠が言った。

「何じゃ、この風は……ええか、下りはきつい、風間でも踏ん張りきれんかった。二回目じゃけえ、足腰にもガタが来ちょる。それはみんな同じよ。怪我だけはせんように、それだけを考えて降りりゃあええ」

他の班もタイムを落としてますね、と鰐口がうなずいた。当たり前じゃ、と峠が仏頂面になった。

「誰かて怪我はしとうない。各班、タイムどころやなくなっとる。無事ならそれでええっちゅうこっちゃ」

始め、という大久保の声が下から聞こえた。横風がもろに体に当たる。夏美は手摺りを摑んで体を支えた。

重い足音が聞こえ、杉本が上がってきた。夏美は水タンクを受け取り、行きます、と叫んだ。気をつけろ、と杉本が顔を向けた。夏美は両手に水タンクを提げ、慎重に足を踏み出した。やじろべえと同じで、水タンクが重りになっている。今は体勢が安定しているが、ひとつ間違えればバランスを崩し、転倒するだろう。

三階と二階の間の踊り場で、腕が悲鳴を上げた。腕を支えている肩、背筋、そして下半身に負担がかかり、バランスが崩れたが、慌てずに夏美は水タンクを踊り場に置き、大きく息を吸い込んだ。

一気に降りる腕力も脚力もない。だが、休めば時間が空費される。

その矛盾を解決するため、置いていた水タンクのひとつだけを両手で持ち、二階へ駆け降りた。すぐとって返し、踊り場まで駆け上がった。

右腕、左腕、それぞれに二十リットルの水タンクを持っているのでは、重量に耐えられない。それなら、ひとつの水タンクを両手で持てばいい。

単純計算で、負荷は二分の一だ。それなら、夏美でも踏ん張りが利く。

怪我を恐れ、誰もがスピードを落としている。夏美にも恐怖心はあった。だが、それを克服するのが消防士だ。

水タンクひとつを両手で持てば、バランスは気にならないし、体力のロスも少ない。置いてきたひとつを取りに戻る時間はかかるが、何も持たずに駆け上がれば、十段の階段はあっと言う間だ。

降りるスピードも速くなり、安全性も確保できる。非力な夏美でも、運動量を倍にすればスピードを落とさずに水タンクを運べる。

負傷した風間の姿に自分を重ね、怯えていた。ひとつ間違えれば、自分も怪我を負う。それなら間違えなければいい、と待機している間考え続けた。

フル装備とはいえ、負荷は全身に分散されている。水タンクさえなければ、駆け上がることができる。

問題はバランスを崩しやすい下りで、負荷を抑える必要がある。自分の体力を計算し、二回に分けて水タンクを運ぶと決めた。

三階と二階を往復し、その後二階から一階へひとつずつ水タンクを降ろした。待っていた剣崎が、階段を上がっていった。

やるな、と他班の数人が夏美に目をやった。まばらな拍手が起きた。

9

夏美は台の上に立ち、鉄棒のバーを握った。肩幅、と剣崎が鋭い声で言った。

「順番があると言っただろ？　腕力だけで体を持ち上げるのは誰だってきつい。肩甲骨《けんこうこつ》を意識しろ」

周囲で他班の班員が見ている。鉄棒は五本なので、順番待ちもあるが、もう諦めろ、と視線が語っていた。

気にするな、と剣崎が囁いた。

「一度やったら、しばらく休め。重要なのは集中力だ」

夏美は小さくうなずいた。水タンクを使った昇降訓練が行なわれたのは一週間前だ。その後、座学とトレーニングの日々が続いた。

休んでいた風間が復帰したのは昨日だ。その間、夏美は懸垂をしていなかった。

杉本たちのアドバイスを受け、ベンチや椅子を補助に使い、フォームを固めることに専念した。初心者用のトレーニングで、足をつけたままだから負荷は軽い。

懸垂には三つの条件がある。筋力、体重、フォームだ。体重については問題ない。むしろ軽い方だ。

筋力をつけるには継続的なトレーニングが必要で、そこは今後の課題となる。短期間で身につくのはフォームだ。

両膝を椅子やベンチに乗せ、鉄パイプを持ち、上半身を反らせることで正しいフォームを固めていった。それを試すのが今日の目的だ。

息を深く吸い込み、お願いしますと夏美は言った。剣崎が台を外すと、足が宙に浮いた。

腕に力を込め、体を持ち上げた。一般的には顎をバーの上まで上げるが、わかりやすい目安になるからで、顔をバーに近づければそれでいい。
一、と剣崎がカウントした。力を抜かず、ゆっくり体を降ろした。いきなり体を落とすと、肩に負荷がかかる。
ただし、ぶら下がっているだけでも筋肉は消耗《しょうもう》する。それを防ぐため、腕が伸びたところですぐ二回目に移った。

下半身の力を抜き、肩甲骨に意識を集中させ、体を持ち上げた。握りをキープ、と剣崎が叫んだ。

顔がバーに近づき、二、と剣崎がカウントした。全身から汗が噴き出したが、ゆっくりと体を降ろし、三回目のトライを始めた。

「三」

溜まっていた乳酸が、腕全体に広がった。握力が弱くなっている。バーを握り直した方がいいのか。

だが、考えている余裕はなかった。声を上げて気力を奮い起こし、夏美は腕に力を込めた。

「四」

剣崎の声に、夏美はバーから手を離した。限界だ。

替われ、と前に出た殿山班の岸野がバーに飛びつき、軽々と体を持ち上げた。十五回の懸垂を終えると、バーから手を離した。

村田司令長は男女を同等に扱う、と座っていた夏美に岸野が顔を寄せた。

「ご時勢を考えれば当然だが、かえって厳しい。男性消防士は十五回、女性消防士は八回、それは東京消防庁が引いた線で、村田さんは男にも女にも同じレベルを要求する」

そうかもしれません、と夏美はうなずいた。梶浦の記録は十三回だ、と岸野が腕を組んだ。

「お前はどうだ？　四回じゃ村田司令長は納得しない。俺たちだって同じだよ。体力が違い過ぎる奴とは組めない」

もういいだろう、と剣崎が間に入った。

「トレーニングすれば、回数は増える。長い目で見てやれ」

あと半月もない、と岸野が言った。

「簡単に腕力がつくと思ってるのか？」

トレーニング次第だと答えた剣崎に、頑張ってくれ、と岸野が皮肉交じりに言った。馬鹿にしたような数人の笑い声がそれに重なった。

10

三月三十日、夜八時。翌日の体力テストに備え、夕食を終えた各班の研修生がグラウンドで自主トレーニングを始めていた。

三日前、研修二カ月が経過した時点で各員の体力を測定するためにテストを行なう、結果による考査はしないと連絡があったが、額面通りに受け取る者はいなかった。

村田や他の教官の思惑とは関係なく、他と大きな差がつけば心が折れる。その時は辞めざるを得ない。

一、二時間自主トレーニングをしても、何も変わらない。それでも、体を動かしていないと不安だった。

体力テストのメニューは決まっていた。午前中は筋力、午後はマラソンで持久力を測る。

足に掛けたチューブを引っ張っていた夏美に、無理するな、と杉本が声をかけた。

「長時間続けても、筋肉が消耗するだけだ。ストレッチ、ランニングで体をほぐすぐらいでいい」

そういうことよ、と横でストレッチをしていた峠が言った。

「不安になるんはわかる。わしかて同じよ。じゃけど、どんだけやっても不安は消えん。それじゃったら、休んだ方がええ」

もう止せ、と剣崎がチューブを摑んだ。

「この一週間で、お前は懸垂五回をクリアした。トレーニングを続ければ、いずれは八回を超える。世界記録を狙ってるわけじゃないんだ。火災現場で使うのは腕力じゃないぞ」

少し走って上がろう、と杉本が言った。行きますか、と走りだした鰐口の足が止まった。グラウンドのスピーカーから非常ベルの音が鳴り、アナウンスが流れていた。

「銀座四丁目の雑居ビルで火災発生。繰り返す、銀座四丁目の雑居ビルで火災発生。各員、直《ただ》ちに出場せよ」

どうなってる、と剣崎が怒鳴った。知るか、と杉本が肩をすくめた。

「だが、俺たちに出場命令が出るのは間違いない」

「なぜわかる？」

四丁目には銀座第四消防署がある、と杉本が言った。

「あそこはポンプ車三台、それなりに大きいが、ギンイチに応援を要請してきたのは大規模火災だからだ。研修中だろうが何だろうが、現場に行けってことになる。それがギンイチだ」

大規模火災、と鰐口がつぶやいた。急げ、と峠の肩を叩いた杉本が駆け出した。

チューブを手に、夏美もそれに続いた。体力テストのことは、頭から消えていた。

fire7　降　下

1

銀座は日本を代表する繁華街だ。老舗《しにせ》デパートをはじめ、大規模商店街が揃い、入っているテナントは高級海外ブランドも多い。

飲食街としても最高峰の質を備えている。江戸時代から続く歴史と伝統があるため、そのステイタスは高い。

一九九八年に定められた地区計画「銀座ルール」によって、銀座地区の建築物の高さの最高限度は五十六メートルと決まっていた。また、旧建築基準法に則《のっと》り、三十一メートル以下のビルも多い。

中央通り周辺のビルは高さがほぼ均一で、それが銀座らしさに繋がっているが、近年の再開発により、さらに地価が上がり続けていた。

中央区銀座五丁目のお香や書画用品の専門店〝鳩居堂《きゅうきょどう》〟前は、一平方メートル当たり約四千二百二十四万円で、日本で最も高額な路線価の土地として有名だ。

周辺地域もそれに準じ、銀座は軒並《のきな》み地価が高い。そのため、雑居ビルが乱立している。

ワンフロアに二つ以上のテナントが入る雑居ビルは珍《めずら》しくない。三つ、あるいは四つということもある。その中には、消防法に違反している店がないわけではなかった。

雑居ビル火災は危険度が高い。二〇〇一年、新宿区歌舞伎町の雑居ビルで起きた火災では四十四人が死亡、三名が負傷している。

地下二階、地上四階という小さな雑居ビルでこれだけの死傷者が出た原因は、ビル内の非常階段に物が置かれるなど、避難経路が確保できていなかったためだが、更に言えば〝雑居〟という特性によるところが大きい。

不特定多数の人が利用する建物・施設の場合、消防法第八条第一項に基づき、ビル管理会社、店舗オーナーの協議により、防火管理者が置かれる。また、消防署の指導があればその補助として火元責任者が設置され、防火管理を行なう。

地震その他天災、火災などが発生した場合は、防火管理者または火元責任者が消火器等で対応、同時に消防への通報、また客や店員の避難誘導に当たるが、形だけの講習を受けた者に指示などできるはずもない。最初から〝火災など起きない〟と高をくくっている者がほとんどだった。

火災が起きれば、防火管理者はそのフロアの別店舗、そして他のフロアの全店舗にも通知義務があるが、自分の店の客や従業員を避難させるのが精一杯で、他の店舗のことを考える余裕はない。

防火管理者または火元責任者は名目上の役割に過ぎない。責任の所在が曖昧なため、犠牲者が増える。

狭い土地に建物が林立する銀座は特に危険で、フロアで発生した火災がひとつの店舗から隣の店舗、上下フロア、そして隣接する雑居ビルに延焼しかねない。

その危険性に鑑《かんが》み、銀座地区にある全消防署は雑居ビルへの立ち入り検査を数カ月おきに行ない、防火管理者に避難訓練講習を義務づけていた。

だが、雑居ビルに入っている店の多くはバー、スナック、クラブなどいわゆる水商売で、離職率が高い。防火管理者の従業員が辞めると、次の検査まで代理を置かない店もある。どれだけ厳重にチェックしても、ルールを破る者は後を絶たなかった。

グラウンドから部屋に駆け戻り、活動服を身につけ、防火服を抱えたまま、夏美は本館へ急いだ。他班の研修生たちも走っている。誰の顔も緊張で強張っていた。

「各班、止まれ！」

通路の真ん中に立っていた宇頭が両手を広げた。

「慌てるな。現場は銀座四丁目の雪見《ゆきみ》通りに面したKONISHIビル、七階建てで火元は五階のスナックだが、詳しい状況はまだ不明だ。ビルそのものは大きいと言えないが、問題がある。

道路の幅が狭く、消防車が入れない」

どういうことです、と殿山が一歩前に出た。

「銀座の地図は暗記しています。雪見通りは晴海《はるみ》通りと北雲《きたぐも》交差点を繋ぐ抜け道で、KONISHIビルはその中ほど、一方通行の道路ですが、幅は四メートル、消防車が通行できるスペースは十分にあるはずです」

不法駐車している馬鹿が山ほどいる、と宇頭が地面を蹴った。

「午後八時半、夜は始まったばかりで、クラブ、スナック、バー、どこも客が多い。客待ちのタクシー、ハイヤー、宅配業者、酒その他の配送業者もいる。警察が排除命令を出したが、時間がかかる」

東京消防庁が保有する普通ポンプ車は全幅二・三メートルだ。四メートルの道幅だと、二台の並列はできない。

「KONISHIビル正面には、三台分のスペースしかない。そこには銀座第四のポンプ車が入っている。ギンイチのポンプ車は晴海通り沿いで待機中。KONISHIビルはいわゆるペンシルビルで、一人ずつしか非常階段を上がれない。人数を増やしても混乱するだけだ」

「では、どうしろと?」

お前たちは後方支援だ、と宇頭が言った。

「雑居ビル火災の消火には危険が伴《ともな》う。本音を言えば、俺だって入りたくない。お前たちのレベルでどうにかなる火災じゃないんだ。最前線にはギンイチの消防士が立つ」

宇頭が小脇に抱えていたコピー用紙の束を殿山に渡した。

「全員に配れ。雪見通り周辺の地図だ」

夏美は廻《まわ》ってきたコピー用紙に目をやった。住宅地図の拡大コピーで、KONISHIビル各フロアの店名が記されていた。

「KONISHIビル一階から四階までの客、従業員その他の避難が確認された」

だが、人命検索の必要はある、と宇頭が言った。

「それはギンイチの消防士が担当する。消防小隊四隊が五階へ向かったが、負傷者三名を発見、搬送中だ。六階と七階の状況は不明」

地図を見ていた者が次々に手を上げた。わかってる、と宇頭が地図に指を当てた。

「KONISHIビルは周辺のビルと隣接している。左右のビルとの間は約二メートル、真裏の森山《もりやま》ビルは一メートル半しかない。銀座じゃ珍しくないが、延焼の可能性が高い。しかも、強風が吹いている」

北風、風速七メートル、と宇頭が言った。

「風向きを考えると、森山ビルが危ない。火の粉《こ》はそっちへ飛ぶだろう。ハカヤ通りを越え、奥のビルに飛び火する可能性もある」

七階立ての森山ビルが面しているハカヤ通りは通称で、有名なフレンチレストラン〝ハカヤ・ジャポン〟があるため、その呼び名がついていた。

「繰り返す、お前たちの任務は後方支援。以下、命令。森山ビルからの避難を誘導、その後ビル内で人命検索に当たれ」

待ってください、と夏美は地図を向けた。

「ハカヤ通りを挟んで、森山ビルの向かいに銀座セントラル総合病院があります。規模こそ小さいですが、集中治療専門病院です。入院患者はすべてＩＣＵに入っていると聞いています。どうするつもりですか？」

村田司令長が院長と話した、と宇頭がうなずいた。

「入院患者は十九人、そのうち三人は絶対に動かせないと言ってるそうだ。ポンプ車による放水で延焼を防ぐが、それは他の消防署が担当する。お前たちは森山ビルへ行け。まだ、火災は発生していない。装備は別途運ぶ。ビル内での人命検索はこちらから指示を出す。わかったな？」

車は、という声が上がったが、そんなものはない、と宇頭が首を振った。

「ポンプ車はすべて出払っている。大型の特殊車両は雪見通りに入れない。他の車両は装備や機材搬送で使用中。お前たちの交通手段は二本の足だ。ギンイチから銀座四丁目までは一キロ強、走れば五分で着く。急げ！」

芝村を先頭に、班員たちが駆け出した。続け、と杉本が怒鳴った。

2

森山ビルに四班の二十人が到着したのは七分後の八時四十二分だった。

先着していた大久保の指示で、杉本班と殿山班が避難誘導を担当し、杉本が指揮を執ることになった。芝村班はKONISHIビルで消火に当たっている銀座第四の応援と連絡担当、班長の風間が足の負傷から復帰して間もない風間班は予備隊だ。

森山ビルの避難は順調だ、と大久保がビルの正面を指した。着物姿のママやドレスを着たホステスが叫んでいたが、放っておけ、と大久保が笑った。

「高級クラブが揃っているビルだが、火災が起きればママもチーママもない。銀座第四の話では、三カ月ごとに立ち入り検査をしている。杉本班と殿山班は二階と三階に分かれ、降りてきた人をハカヤ通りに出せ」

了解です、と杉本がうなずいた。エレベーターは使うな、と大久保が言った。

「故障して止まると危険だ。報告はないが、上の階にまだ客が残っているかもしれない。最終的には人命検索をするが、今は誘導を優先する。晴海通りに交番があるが、そこを臨時の集合地点にした。客や従業員にも伝えてある」

「客が交番まで来ますか？」

剣崎の問いに、来ないだろうな、と大久保が肩をすくめた。

「誰だってトラブルは避けたい。人が死んだわけじゃないんだ。協力は期待できん。残れと強制するわけにもいかんしな……だが、森山ビルに入っている二十四店の従業員は客の顔、名前を把握しているだろう。無責任に逃げるとは思えん。まず全員の避難誘導、その後人命検索を――」

大久保の胸の無線機が鳴り、太い男の声が流れ出した。

「こちら銀座第四畑中《はたなか》、KONISHIビル六階の火勢が激しい。やむを得ず、五階に退避した。大至急応援を要請する。大至急だ！」

KONISHIビルと森山ビルの脇の細い路地から駆け込んできた芝村が、まずいです、と叫んだ。

「第四のポンプ車がバッテリーの故障で全電源ロスト、そのため放水不能。他のポンプ車は放水中でホースを繋げません。延長したホースを別の消火栓に連結しましたが、水圧が足りないと連絡が入っています」

「六階と七階の人命検索は？」

「火勢強《きょう》、突入不可、第四の畑中中隊長が一時退避を命じました」

それは聞いた、と大久保が胸の無線機に触れた。

「外から見た状況は？」

六階と七階のガラスがすべて割れていました、と芝村が報告した。

「凄まじい量の黒煙が噴き出ています。万一ですが、人がいたら一酸化炭素中毒で死亡します。何も見えないと複数の消防士から無線が入っていました。避難が間に合っていればいいんですが……」

「確認は？」

無理です、と芝村が首を振った。

「KONISHIビルには三十店が入っていますが、混乱が酷く、消防、警察も現状を把握できていません。これまでに死者二人、負傷者は七人。転倒による骨折で一名が病院に搬送されました。救急車が雪見通りに入れないので、晴海通りまで消防士が背負っていったそうです。他の負傷者については詳細不明」

　風が強くなり、ＫＯＮＩＳＨＩビルの前に立っていた全員の体を押した。ビル風だ、と大久保が路地を指さした。

「狭い空間に風が集中している。他に通り道はない。一気に入り、一気に抜けていく。風圧に気をつけろ」

　夏美は防火手袋を外した。生暖かい風が手のひらに当たった。炎の熱だ。

「芝村、戻れ。何かあればすぐに知らせろ。杉本、命令を変更する」

　甘く見ていた、と大久保が歯嚙みした。

「風間、お前の班から二人出し、二階で避難誘導に当たらせろ。杉本班と殿山班は三階から七階の各フロアに行き、二人一組で人命検索を行なえ。客、従業員、全員の避難を確認したら降りてこい」

　嫌な感じがする、とつぶやいた大久保に、どういう意味ですか、と杉本が尋ねた。

「森山ビル内で火災は発生していません。人命検索を急ぐべきだとは思いますが、そこまで危険でしょうか？」

　勘だ、と大久保が口を尖らせた。

「だが、丸っきりの山勘じゃない。条件が悪い。幅が狭い道路に、雑居ビルが軒を連《つら》ねている。

しかも強風だ。最悪の場合、銀座四丁目が全焼するぞ。銀座は消防にとって不利だ。人命検索を急げ」

行け、と大久保が命じた。入るぞ、と杉本が怒鳴った。

3

杉本の指示で、二階に風間と船木《ふなき》が行き、避難誘導及び各フロアに向かう十人の消防士との連絡を担当することが決まった。

三階から七階までの五つのフロアに、杉本班と殿山班が入り、人命検索を行なう。夏美は三階フロアの人命検索を命じられた。バディは剣崎だ。

現場に一歩足を踏み入れた瞬間から、消防士は要救助者となる。杉本が副班長格の剣崎と夏美を組ませたのは、他とのバランスを取るためだった。

「フロアの構造はわかってるな?」

剣崎の問いに、夏美は小さくうなずいた。非常階段はエレベーターホールの横、フロアに入ると狭い通路が続き、左にスナック〝MOE〟、右に〝吟屋《ぎんや》〟、通路の奥に高級クラブ〝ウエスト〟がある。

〝MOE〟と〝吟屋〟の広さは同じだが、〝ウエスト〟は一回り大きい。窓は各店内にあり、通路側にはない。照明が暗い、と連絡があった。

「三階フロアは避難が完了しただろう」

ヘルメットを被《かぶ》ったまま、剣崎が笑った。火災が起きていない森山ビルの人命検索に、過剰な装備は負担になる。

防火服と防火靴にヘルメット、無線機だけで、空気ボンベは背負っていない。身軽な分、人命検索が容易になる。

だが、念には念をだ、と剣崎が言った。

「神谷、お前は左側の〝MOE〟を調べろ。俺は〝吟屋〟だ。誰かいたら連絡、何かあれば連絡、何もなくても連絡……冗談だ」

緊張するな、と剣崎が夏美の肩に手を置いた。

「終わったら〝ウエスト〟に向かい、確認が済んだら降りる。焦ることはない。ここは三階だ。何かあったら飛び降りればいい」

夏美は左側のピンク色のドアを開けた。剣崎が〝吟屋〟に入ったのが音でわかった。

「消防です！　誰かいますか？」

四人掛けのソファが三つ、カウンター席が五つという狭い空間に向かって声をかけた。カウンターの奥はキッチンだ。

店内に足を踏み入れると、左側にドアがあった。ノブを摑んで開くと、客のジャケットやホステスの着替えが入ったクローゼットだった。

隣にあるトイレに人はいない。誰かいますかと声をかけたが、返事はなかった。

ヘッドライトをつけると、辺りがはっきり見えた。テーブルの下、ソファの陰を確認してから、カウンターを乗り越えてキッチンに入り、念入りに調べたが、誰もいなかった。

「〝MOE〟店内の人命検索を完了」

通路で待つ、と剣崎の声が無線から聞こえた。ドアを開け、立っていた剣崎に向かって足を踏み出すと、突然通路の照明が消えた。

慌てるな、と剣崎が自分のヘッドライトを通路の左右に向けた。総員に確認、と胸の無線機から杉本の声がした。

「こちら七階杉本。フロアの照明が消えた。各階、状況は?」

三階だ、と剣崎がマイクを摑んだ。

「たった今、通路の明かりが落ちた。どうなってる?」

夏美は振り向いた。エレベーターホールの壁にグリーンの誘導灯があるが、明かりはそれだけだ。自分と剣崎のヘッドライトの他に光源はない。

「こちら杉本。森山ビル全館の停電を確認。原因は不明だが、人命検索を続行せよ。完了したら報告、指示を待て」

どうしますか、と囁いた夏美に、問題ない、と剣崎が言った。

「後は〝ウエスト〟だけだ。広いわけじゃない。二人で調べればすぐ終わる」

歩き出した剣崎の後ろにつき、夏美はヘッドライトで前を照らした。赤いカーペットが店のドアまで続いている。

ドアを開けた剣崎がヘッドライトを正面に向けた。カウンターはなく、四人掛けのソファが七つあった。団体客が来た時はソファを繋げるのだろう。空間に余裕のある造りだった。

「誰かいますか？」

声を掛けた剣崎の後ろで、夏美は姿勢を低くした。意識を失った者は床に倒れる。確認は下からが消防の常識だ。

暗いな、と剣崎が舌打ちした。ヘッドライト二本だけだと、確認に時間がかかる。

ただ、広い店ではない。手分けして見回ったが、誰もいなかった。

剣崎、と無線から杉本の声がした。

「人命検索は終わったか？」

「今、終わった。停電の原因は？」

「金井さんの話だと、近隣ビルは停電していない。三階と四階の間、非常階段の踊り場にビル全体のブレーカーがあるそうだ。故障かもしれない。調べてくれ」

「他のフロアはどうなってる？」

「峠と殿山班の土井垣が五階のトイレで酔い潰れて寝ていたホステスを見つけた。まだ九時前なのに、どうかしてるぞ……峠たちがホステスを降ろす。他の階はクリアだ」

「了解。俺と神谷でブレーカーを調べてから降りる」

頼む、と杉本が無線を切った。この上の踊り場ですね、と夏美は低い天井を指した。

四階の殿山班が調べた方が早いんだが、班が違うと頼みにくいからな、と剣崎が苦笑した。

非常扉を開けると、殿山班の二人が四階から降りていく背中が見えた。ひとつ肩をすくめた剣崎が階段に足をかけた。

九段上がると、そこが踊り場だった。夏美は左右の壁にヘッドライトを向けた。他に明かりはなく、ブレーカーの位置がわからなかった。

「誰かおるんか?」

上から声が降ってきた。顔を上げると、ノースリーブのドレスを着た女性を背負った峠が立っていた。後ろで、土井垣が女性の体を押さえている。

「大丈夫か?」

問いかけた剣崎に、代わってくれんか、と峠が呻いた。

「銀座のホステスいうたらスタイルがようて、痩《や》せとるかと思うちょったが、こいつは違う。重うてたまらん」

「そういう女が好みじゃないのか?」

酔い潰れるような女は好かん、と踊り場で峠が女性の体を土井垣に預けた。

「階段が急過ぎて腰にくる……何をしちょるんじゃ?」

ブレーカーを捜していた、と壁を指した剣崎の無線が鳴った。

「杉本だ。ビルの管理会社から連絡が入った。ブレーカーがあるのは四階と五階の間の踊り場だ。すぐ上がってくれ」

いいかげんにしろ、と剣崎が苛立った声を上げた。

「降りてくる途中にあるんだ。自分で調べろ」

「鍔口が屋上に繋がる避難ハシゴを見つけた。一度上がって、ＫＯＮＩＳＨＩビルを見ておきたい」

班長命令か、と剣崎が無線を切った。

「仕方ない。神谷、行くぞ。ホステスは峠たちに任せておけ」

泥酔した女性は負傷者と同じで、即席の担架を作るか、両腕と両足を二人で抱えて運ぶが、非常階段の幅は狭く、傾斜が急だ。背負って降りるしかなかった。

気ぃつけえや、と峠が体を伸ばした。

「土井垣、三階まで頼む。その後は交替じゃ」

一階まで行けます、と笑った土井垣が女性を背負い直し、降りていった。上りの方が楽だ、と剣崎が大股で非常階段を上った。

四階と五階の間の踊り場で、壁の上部に据え付けられているブレーカーを見つけた。剣崎が手を伸ばしても、指で触れるのがやっとだ。

「待ってろ、椅子を捜してくる」

五階フロアに入った剣崎が、小さな木製のスツールを片手に出てきた。前触れもないまま非常階段が大きく揺れ、夏美はその場に座り込んだ。

下からの凄まじい音に目を向けると、四階の非常扉が半分開き、そこから炎が上がっていた。倒れた剣崎の口から悲鳴が漏れた。

「剣崎さん！」

立ち上がろうとした剣崎がそのまま膝をついた。左足首がねじ曲がっている。骨折したのが夏美にもわかった。

「四階で爆発が起きました。ここは危険です、逃げましょう！」

「肩を貸せ」

剣崎の顔が歪んでいた。激痛のため、声が震えている。夏美は剣崎の左脇に頭を差し入れ、そのまま五階へ上がった。

「班長、聞こえるか？　剣崎だ！　四階で爆発が起き、フロアから出火！」

階段に尻《しり》をつけ、左足を浮かせる形で座った剣崎が無線のマイクを握った。どういうことだ、と杉本が怒鳴った。

「なぜ火災が起きた？」

「非常扉が半分ちぎれていた。店のキッチンから漏れたガスに引火、爆発したんだろう」

「どうした、声が変だぞ？」

剣崎さんが左足首を骨折しました、と夏美は自分の無線機を手にした。

「爆発の振動で転倒、動きが取れません。至急、救助願います」

「剣崎、歩けるか？」

杉本の問いに、無茶言うな、と剣崎が乾いた笑いを漏らした。四階の火災はどうだ、と杉本が問いを重ねた。

「非常階段は使えるか？　大久保さんも火災に気づいているはずだ。ガスの供給をストップすればーー」

剣崎が下を指さした。見下ろすと、炎と黒煙が絡《から》み合い、上へ向かっていた。

無理です、と夏美は叫んだ。

「非常階段は使えません。わたしたちの装備は防火服と防火靴、ヘルメットだけです。救援隊も突破できるかどうか……」

下に連絡した、と杉本が言った。

「神谷、落ち着け。こちらからも四階の様子が見える。黒煙が濃いのは、不燃物が高熱で溶けているからだ。煙を吸うな。一段でも上がって、炎と煙から離れろ！　六階の殿山班が救助に向かう。剣崎、立て！」

剣崎が手摺りを摑んで体を起こした。そのまま、膝を使って這《は》うように階段を上がる。

「摑まってください！」

先に上がった夏美に、この方が速い、と剣崎が五階の踊り場まで這い上がった。駆け降りてきた殿山と岸野が防火服の襟を摑み、強引に六階へ剣崎を引きずり上げた。

二人の腕を振り払った剣崎が足を押さえて悲鳴を上げた。防火靴を外す、と岸野が手を伸ばしたが、止めろ、と剣崎が怒鳴った。

「触るな、骨が折れてるんだぞ？　痛くてたまらん。畜生……下はどうなってる？」

炎より煙が酷い、と殿山が言った。

「ここにいるとまずい。煙が渦を巻いてる。すぐ上がってくるぞ」

剣崎の顔に脂汗が浮いていた。担いでいこう、と岸野が言った。

「神谷、先に行って踊り場から階段を照らせ。真っ暗で足元が見えない。俺が剣崎を背負う。殿山は後ろで支えてくれ。絶対に落とすな」

夏美は素早く六階の踊り場に上がり、ヘッドライトを向けた。下から黒煙が迫っていた。

「急いでください！」

剣崎を背負った岸野が一段ずつ上がってくる。その背後で、黒煙が狙いを定めるように旋回《せんかい》していた。

凄まじい殺気が空間に充満している。隙があれば、襲うつもりなのだろう。

夏美は唇を強く噛んだ。炎には悪意がある。敵意がある。簡単に人の命を奪っていく。

（いつもそうだ）

上がってきた岸野が狭いスペースに剣崎を降ろした。

「杉本さん、状況は？」

マイクを摑んだ夏美に、ギンイチの小隊が森山ビルに入った、と杉本が言った。

「燃えているのは四階だけで、まだ延焼していない。だが、酸素を食い尽くしたら、上へ向かうぞ。炎を消すのが速いか、奴らが襲いかかってくる方が先か……殿山と岸野は合流したな？　現在位置は？」

六階の踊り場です、と夏美は上に目を向けた。足音が聞こえ、杉本が降りてきた。

「鰐口が七階で待機している。剣崎を上げよう。煙のスピードが速い。風が壁に跳ね返って、どちらへ向かうかわからない。ひとつでも上のフロアに行かないと、ここで死ぬぞ」

剣崎が腕と膝を使って階段を上がり始めた。左足は浮かせたままだ。

プラスチックが燃える嫌な臭いが、夏美の鼻孔《びこう》に突き刺さった。ヘッドライトを左右に振ると、黒煙が漂っていた。

「鰐口！」

杉本の怒鳴り声に、七階の非常扉から鰐口が飛び出してきた。こっちに明かりを向けろ、と殿山が手を振った。

「暗くて見えない。何とかしろ！」

鰐口がヘッドライトを外し、手持ちで階段を照らした。貸せ、と剣崎のヘッドライトをむしり取った杉本が上に向けた。

「くそ、煙のど真ん中にいるぞ……七階フロアまで上がる。最悪の場合は屋上に出よう。ルートは確保してある。こんなところで死んでたまるか」

縁起でもないことを言うな、と剣崎が階段に膝をついた。

「たかがガス漏れ火災だ。消すのは難しくな――」

爆発音と共に五階の非常扉が吹き飛び、下へ落ちていった。炎が激しい勢いで噴き出していた。

4

「森山ビル全館へのガス供給を停止したが、間に合わなかった」

七階フロアに入り、非常扉を閉めた時、杉本の無線から大久保の声が流れ出した。

「五階のガス管を四階の炎が焼き、内部に溜まっていたガスに引火したようだ。確認したが、四階、五階、いずれの店舗も防炎カーテンを使っていなかった。二フロアに六店が入っているが、ソファやテーブルは木製で、可燃物も多い」

高層マンションや高層ビルを含め、高さ三十一メートル以上の建物、病院、学校、百貨店、ホテル、飲食店舗など、不特定多数の人が出入りする場所は消防法施行令第四条三項で防炎カーテンの使用が義務づけられ、不燃性家具が推奨されているが、守らない飲食店の方が多かった。

「ギンイチの小隊が四階フロアの消火を始めたが、スペースがないので展開が困難だ。一店舗ずつ炎を消していくしかない。逃げ場を失った黒煙が、非常口に殺到している。強引に突破すれば、二次被害が出る」

「救援は来ないってことですか?」

杉本がマイクを強く握った。そんなわけないだろう、といきなり村田の声が割り込んだ。

「杉本、二度となめた口を利くな。消防士は要救助者を見捨てない。お前たちは要救だ。必ず助けに行く。だが、お前たちにもできることがある」

「何をしろと？」

七階全店の水道管を壊せ、と村田が命じた。

「キッチン、トイレ、その他すべてだ。入っている店はバーやクラブで、ミネラルウォーターや氷が腐るほどあるだろう。全部使って、床を水浸しにしろ。店なんかどうなったって構わん」

ビール瓶《びん》や酒のボトルも叩き割れ、と村田が言った。

「アルコール分はすぐ揮発《きはつ》する。酒が燃えるのは特殊な状況下だけだ。ウオッカやアブサンなど、度数が高い酒もあるが、ごく一部に過ぎない。いいか、ウイスキーは四十度、一般的な焼酎《しょうちゅう》は二十五度前後、ワインは十二度、圧倒的に水分が多い。店を酔っ払わせれば、少しは延焼が遅くなる」

行け、と杉本が目配せすると、鰐口、殿山、岸野が通路を駆け、店に飛び込んでいった。

やることはまだある、と村田の声が続いた。

「各店の窓を全部割れ。七階フロアの可燃物を壊し、窓から捨てろ。火災現場で焼死はめったに起きない。九十パーセント以上が一酸化炭素中毒だ。それを避けるために、可燃物を排除しろ」

「了解です」

「非常扉も開放しろ。雑居ビルは換気が悪いから、一酸化炭素や有毒ガスが溜まりやすい。強風が吹いているのはかえって好都合だ。全部吹き飛ばしてやれ」

「了解です」

カーペットも剥がせ、と村田が注意した。

「あれが燃えると、有毒ガスが出る。いいか、お前たちの装備でできることは限られている。だが、一秒でも時間を稼いでチャンスを作れ。何ができるか、それを考えろ」

「はい」

お前らみたいな素人を死なせたら、と村田が苦笑した。

「一生顔を上げて歩けない。俺に恥をかかせたいのか？」

司令長の冗談は笑えません、と杉本が首を振った。水を頭から被れ、と村田が言った。

「一時しのぎだが、火傷を防ぐにはそれが手っ取り早い」

剣崎さんが負傷しています、と夏美は叫んだ。

「足首の骨折です。これ以上動けません！」

お前が支えろ、と村田が命じた。

「神谷、消防士ならできる。無理なら、隅っこで震えてろ。心配するな、お前のことは真っ先に助ける。他の消防士は殉職扱いになるが、民間人はそうもいかん」

皮肉は止めてください、と夏美は怒鳴った。怒りで声が震えていた。

「わたしは消防士です。偉そうに上から物を言う暇《ひま》があるなら――」

喚くな、と村田が何かを叩く音がした。

「そこまで言うなら、お前の責任で剣崎を守れ。それができたら、消防士と名乗っても構わない。いいか、逃げるなよ」

「誰に言ってるんですか？」

杉本、と村田が空咳をした。

「剣崎を神谷に任せて、他の三人とできることをすべてやれ。このままだと、確実にお前たちは死ぬ。屋上へのルートを確保したと聞いたが、延焼が広がればどうにもならない」

「ヘリコプターは？」

杉本の問いに、風が強すぎる、と村田が舌打ちした。

「お前たちがいるのは銀座のど真ん中だ。万一ヘリが墜落《ついらく》したら、周辺数百メートルに被害が出るし、下にいる消防士も危険だ。いいか、俺たちが必ず炎を消す。七階フロアを水浸しにしたら、屋上に上がって救援を待て」

了解です、と答えた杉本が立ち上がり、殿山と岸野と共に店へ飛び込んでいった。

5

山ほど積んであった、と杉本が二リットルのペットボトルを夏美と剣崎に渡した。

「五十本以上だ。キッチンの包丁で穴を空けたから、百リットルの水が店内に広がっている」

キープボトルもビール瓶もシャンパンも割ってやった、と岸野が笑った。

「窓も割ったが、ソファまでは壊せなかった。装備がないからな……添え木をしたのか？」

手前のクラブにスツールがあったので、と夏美は言った。

「木枠を壊して剣崎さんの左足に当て、ガムテープで巻きました」

痛みが収まった、と剣崎が上半身を起こした。

「神谷の手際《てぎわ》がよくて助かった」

屋上に出ましょう、と鰐口が通路の天井から避難ハシゴを降ろした。

「窓を割ったので、一酸化炭素中毒の恐れはなくなりましたが、酸素が増え、炎が広がりやすくなっています。七階に延焼するのは時間の問題です」

先に上がれ、と杉本が殿山と岸野に指示した。

「俺と鰐口で剣崎を押し上げる。神谷、ハシゴが不安定だ。下で押さえろ。剣崎が落ちると面倒だ」

剣崎の頭の上から、杉本が二リットルの水を浴びせた。

「準備はいいな？　行くぞ」

杉本が剣崎の左腕を自分の首に巻き付け、強引に立たせた。そのまま、剣崎の体を避難ハシゴの段に乗せる。

鰐口がハシゴの段と段の間から手を伸ばし、剣崎の体を支えた。夏美はハシゴの下部を両手で押さえ付けた。安定が悪く、ハシゴが左右に揺れた。

剣崎の口からくぐもった悲鳴が漏れたが、伸ばした両腕を摑んだ殿山と岸野が一気に引きずり上げた。

「大丈夫だ。上がってこい！」

先に行ってください、と夏美は叫んだ。

「わたしが押さえています。杉本さん、鰐口さん、早く！」

杉本が素早くハシゴを駆け上がり、鰐口がそれに続いた。手を離すとハシゴが傾いたが、構わず夏美は段を上がった。

左右から伸びてきた腕が夏美の体を持ち上げた。狭い隙間を抜けると、そこが屋上だった。

「村田司令長、全員屋上に出ました！」杉本が無線で報告を始めた。「四方を金網が囲んでいます。五階、延焼中。割れたガラス窓から出火あり。火勢、強！」

高さ二メートルの金網がビル屋上の四面に立っていた。雪見通り側に瓶ビールのケースが並んでいるが、あるのはそれだけだ。

聞こえるか、と下から大声がした。夏美は金網に顔をつけ、ハカヤ通りを見下ろした。

拡声器を持った村田が見えた。その後ろに、三十人以上の消防士が集まっていた。

「杉本、聞け。森山ビルの高さは約二十一メートル。ハシゴ付消防自動車は入れない。地面に安全マットを敷き、安全ネットも張るが、その前に炎が七階に届くかもしれん」

「飛び降りろって言うんですか？」

「俺はそんなギャンブルをしない。消防士の命は安くないんだ。今から空圧式救命索《さく》発射銃でそっちにロープを打ち込み、救助用ハーネスを送る」

「了解！」

殿山、と村田が名前を呼んだ。

「お前が剣崎を降ろせ。ハーネスで剣崎の体を固定し、一緒に降下しろ。経験があるのはお前だけだ。降下用機材も一緒に送るから、それを使え」

手順を説明する、と村田が声を張った。

「こちらから見て右、お前たちの左側、森山ビルの南角で打ち込んだロープを引き、ハーネスその他機材類を上げろ。殿山は剣崎を背負い、ハーネスで固定した後、降下用機材を使って降りてこい」

隣に立っていた殿山が生唾《なまつば》を呑む音が聞こえた。緊張が夏美にも伝わってきた。

「四階、五階、共に火勢は強いが、炎や煙に巻かれても、俺の指示に従って降りれば必ず助かる。受け入れ準備は整っている。ロープを打ち込むぞ。下がれ！」

夏美は金網に身を寄せて屈《かが》んだ。空圧式救命索発射銃から放たれたロープ付きゴム弾が放物線を描いて落下してくる。屋上に落ちたゴム弾を、岸野が素早く拾い上げた。

「引っ張れ！」

杉本の号令に、五人が細いロープを引くと、次第に太さが増し、直径一二ミリのナイロン製三つ打ちロープになった。

今から機材を送る、と無線から村田の声がした。自分の腰にロープを巻き付けた杉本がうなずく。夏美は岸野、鰐口とロープを掴み、思いきり引っ張った。

金網越しに、カーキ色の大きな袋がいくつも上がってきた。AからJまで、それぞれアルファベットのシールが貼ってあった。

Aの袋を開け、と村田の声がした。

「ハーネス、当て布、その他降下に必要な機材が入っている。殿山、カラビナの使用法はわかるな？　懸垂下降ディセンダーもあるから、降下のスピードを調節できる」

「はい！」

「上の四人でロープを押さえろ。剣崎と殿山、二人の体重は合わせて約百五十キロだ。ロープを結んだ支柱が曲がっただけでも、二人は落下する」

「司令長、他の袋には何が入ってるんですか？」

無線を摑んだ鰐口に、まずは負傷者の収容だ、と村田が怒鳴り返した。

「Bの袋を開け」

鰐口が紐《ひも》を解くと、五本の大型ニッパーが出てきた。

「ニッパーで金網を切れ。降下の邪魔になる」

夏美と杉本、鰐口と岸野に分かれ、ハカヤ通りに面した金網をニッパーで切断した。大型ニッパーの力は強く、作業が終わるまで一分もかからなかった。

「金網を落とすな。内側に引っ張り込め」

四人で金網を外し、屋上の床に置いた。金網がなくなった左側の支柱に、杉本がロープをやい結びにした。

「殿山、準備は？」

完了しています、とハーネスを装着した殿山が横になっている剣崎に背中を向けて屈んだ。杉本と岸野が後ろから剣崎の体を支え、殿山のハーネスに繋いだ。

「確認よし！」

万全の注意を払え、と村田が怒鳴った。

「まずロープを降ろし、屋上の縁《へり》に当て布を敷け。鋭角にコンクリートの縁とロープが当たると、切れる恐れがある。殿山、怖いか？」

いいえ、と剣崎を背負ったまま殿山が首を振った。俺は怖い、と村田が低い声で言った。

「お前も怖がっていい。臆病になれ。臆病な者ほどよく考える。勇気だ勇敢だ、そんなことを言うのはただの馬鹿だ」

「はい」

もうひとつ、と村田が言った。

「お前の後ろには四人の仲間がいる。何があっても奴らがお前を支える。信じていい」

頼んだぞ、と殿山が顔だけを向けた。任せろ、と杉本がその肩を叩いた。

殿山、と村田が怒鳴った。

「そこはビルの角で、一番近い窓でも一メートル以上離れている。爆発が起き、炎や煙が噴き出しても安全だ。まず六階まで降り、そこで停まれ。俺の合図で、一気に三階まで降下しろ」

ハカヤ通りに背を向けた殿山がロープを摑んだ。何本もの落下防止ワイヤーがハーネスと連結しているので、手を離しても転落することはないが、何の支えもない空間に身を投げ出すのは勇気がいる。

呼吸を整えた殿山が、行くぞ、と叫んだ。夏美はロープを強く握った。

絶対に手を離さない。何があっても。

ロープのテンションが強くなった。殿山と剣崎の体重がそのまま掛かっている。四人でも支えるのがやっとだ。

殿山の姿が視界から消えた。ロープのテンションは変わらない。

「待て、殿山！　ストップ！」

村田の怒声が聞こえた。離すな、と杉本が歯を食いしばった。鰐口の目が真っ赤になっている。

「殿山、降下だ」

無線から村田の声が聞こえ、すぐにロープの感触が軽くなった。どうした、と岸野が叫ぶのと同時に、二人を回収、と村田の声がした。

「二人とも無事だ」

夏美は屋上の縁に走り寄った。担架で運ばれていく剣崎と、その場に座り込む殿山の姿が見えた。

おれたちも降りよう、と杉本が言った。

「一人ずつだ。まず神谷、次は――」

四人はそこで待機、と村田が怒鳴った。

「杉本、CからJの袋をすべて開け。説明はその後だ」

杉本が袋のひとつを開けた。出てきたのは空気ボンベだった。

「どういうことですか？」

夏美の唇からつぶやきが漏れたが、答える者はいなかった。

fire 8　救　出

1

袋を開けると、面体や防火服が出てきた。どうしろっていうんです、と杉本が無線に向かって叫んだ。

「ビル内の人命検索は完了しています。装備を身に着けて、炎の中、非常階段を降りろと？　それよりロープを使った懸垂降下の方が早いですし、安全じゃないですか！」

聞け、と無線から村田の声がした。

「隣のＫＯＮＩＳＨＩビルの人命検索が不十分だと報告があった。火勢が激しく、六階で消火に当たっていた消防士は撤退した。避難してきた六階から下のフロアの従業員に確認したが、七階のバー、クラブのママやホステス数名を、誰も見ていないことがわかった。逃げ遅れて、取り残された可能性もある」

「しかし――」

選択肢は二つある、と村田が言った。

「その数名を見殺しにするか、救助に行くか、どちらかだ。そして、ギンイチは要救を見捨てない。二つあると言ったが、実際には救助の一択だ。そして、現場に最も近い消防士が救助に向かうのは消防の鉄則だ。つまり、お前たちが行くしかない」

「隣のビルに飛び移れってことですか？　無茶言わないでください、危険過ぎます！」

ビル間の距離は一メートル半だ、と村田が言った。

「正確には一メートル六十センチ。消防士ならそれぐらい飛べる」

「落ちたら死ぬんですよ？」

怒鳴った杉本に、まだ余裕があるようだな、と村田が小さく笑った。

「俺は無茶を言うが、根性論や精神論は頭の悪い連中の逃げ道だ。そんな馬鹿の命令に従う必要はない……剣崎を降ろすために金網を外したな？」

「外しましたが……」

高さは約二メートル、幅は約六メートル、と村田が言った。

「追加で三面の金網を大型ニッパーで切断しろ。四枚重ねれば強度が増す。六メートルあればKONISHIビルに届く。送った装備品の中に、工事用の小型杭《くい》打ち機が入っている。それを使って、金網を屋上の縁に固定しろ」

「縁はコンクリートですよ？」

工事用と言ったはずだ、と村田が舌打ちした。

「杉本、固定が完了したら、まずお前が渡れ。その後、ＫＯＮＩＳＨＩビルも杭打ち機で固定しろ。お前が渡ると負荷がかかるが、他の三人で金網を押さえていればカバーできる」

夏美は隣のビルに目を向けた。距離は二メートルもない。軽装なら、夏美でも飛び移れるだろう。

だが、面体を着け、フル装備、そして空気ボンベを背負ってとなると話は違う。助走も満足にできないままでは、幅跳びの選手でも無理だ。

だから橋を架《か》けろ、という村田の指示は理解できたが、七階建ての森山ビルの高さは約二十一メートル、しかも強風が吹いている。不安定な足場を頼りに隣のビルへ移れと言われても、無茶過ぎるとしか思えなかった。

安全を確保できるとは思えません、と杉本が無線のマイクを掴んだ。

「この状況では、自分たちも要救です。下手をすれば二次被害が出ます。それでも行けと？」

まず準備だ、と村田が言った。

「森山ビル屋上の金網を三枚外せ。五分もかからない作業だ。その後四枚を重ねて結束しろ」

「はい」

「次に、金網の橋をＫＯＮＩＳＨＩビルに向かって倒し、杭打ち機で固定しろ。コンクリートの強度は計算済みだ。四十センチ間隔で六本打て。それがベストだ。渡るか渡らないかは、準備が終わったら決める。すぐに始めろ」

無線が切れた。無言で鰐口が袋に手を突っ込むと、小型の杭打ち機が出てきた。

まず金網を切断しろ、と杉本が命じた。

「結束して橋を作るが、渡るかどうかは俺が判断する。村田司令長がどんな計算をしたか知らないが、紙をピンで留めるのとは訳が違う」

固定するには、と杉本が杭打ち機を指さした。

「杭を深く打たなきゃならない。下手をすれば、縁のコンクリートが割れる。何を考えているんだ……無理だと判断すれば、全員ロープで降下する。いいな？」

時間がないぞ、と岸野が唇を噛んだ。

「こっちのビルの火勢も強い。六階フロアが火の海になっているのは見えるな？　いずれ七階にも燃え移る。ＫＯＮＩＳＨＩビルで要救を発見しても、救助できるとは思えない。消防士が退避するほど、向こうの火勢は激しいようだ。人命検索に意味があると思うか？」

橋を架けて渡ったとしても、と鰐口がＫＯＮＩＳＨＩビルを指さした。

「どうやって屋上から七階フロアに入るんです？　要救が何人いるのか、それもわかりません。情報不足のまま行けと言われても……」

意見は聞くが、判断は任せろ、と杉本が言った。

「消防の肝《きも》は命令系統の確立にある。今、指揮を執っているのは俺だ」

警察や自衛隊と同じように、消防はチームで動く。そのため、指揮官の判断が重要になる。

今回のような臨時編成の小隊の場合、意思疎通が十分とは言えないから、指揮官は杉本、と明確にしておく必要があった。

「危険だと判断すれば、撤退を指示するが、その前に橋を作り、隣のビルに架けろ。今やらなかったら、救える命も救えなくなる」

作業を分担しよう、と杉本が大型ニッパーを手にした。

「俺と神谷で金網を切断する。岸野と鍔口は重ねて結束しろ。結束バンドはいくらでもある。一カ所、二カ所じゃ済まない。強度を保つために、できる限り結束箇所を増やせ。切断が終わったら、俺たちも加わる」

まずは橋だ、と杉本が夏美の肩を叩いた。

「強度不足なら、すぐ下に報告する。その時はロープで降りよう」

夏美は大型ニッパーを受け取り、金網に手を掛けた。サイレンの音がハカヤ通りに響き渡っていた。

2

今すぐ命令を取り消してください、と雅代は村田に詰め寄った。背後に宇頭と大久保が立っていた。

「臨時の杉本小隊は全員研修中で、ギンイチ所属の消防士ではないんです！　彼らに何かあったら、司令長に責任は取れません！」

辞める、とだけ村田が言った。そういう問題じゃないでしょう、と雅代は語気を強めた。

「彼らにもしものことがあれば、司令長が辞めて済む話ではなくなります。無茶な命令だと、自分でもわかっているはずです」

もしものことって何だ、と村田が腕を組んだ。

「連中が死んだらって意味か？　言うまでもないが、いずれはKONISHIビル、森山ビル、どちらも焼け落ちる」

「はい」

「火勢に対し、消防士が展開できる広さがないから、十分な消火活動ができない。近隣のビルへの延焼を防ぐのがやっとだ」

「わかっているなら――」

だが、ビルが焼け落ちるまで時間がある、と村田が指揮車のドアを叩いた。

「どちらのビルも、電気、ガスの供給をストップした。ガソリンスタンドじゃないんだ。これ以上の爆発炎上なんてあり得ない。ビルの仕様は鉄筋コンクリート造りだ。どんなに火勢が激しくても、崩落するまで二時間以上かかる」

「その通りですが……」

屋上に燃焼物はない、と村田が上を指さした。確認しました、と宇頭が口を開いた。

「KONISHIビル、森山ビル、どちらも耐火構造です。屋根の厚さは二十センチ、数時間なら、炎を防げます」

　ＫＯＮＩＳＨＩビルの屋上には給水タンクと物置代わりのトランクルームがあります、と雅代は言った。

「どちらもステンレス製ですが、中には給水タンクの清掃用具や消毒液、ブルーシートなどが入っています。それが燃えたらどうするんです？」

　甘く見ているつもりはない、と村田が首を振った。

「ただ、すぐに燃えたりはしない。杉本たちはいつでも脱出できるし、負傷者もいない。金網の橋を架ければ、退路を確保できる。そして要救がいる可能性はゼロと言えない。それなら救助に向かうべきだ」

　ビルからビルへの渡過は安全確認が絶対条件です、と雅代も指揮車を拳で強く叩いた。ボディが僅かに凹《へこ》んだ。

「ロープの代わりに金網の橋を使うなんて、聞いたことがありません！」

　それはお前の認識不足だ、と村田が指摘した。

「自衛隊は現場にある物を利用して仮橋を架ける。五メートルまでなら問題はない。金網の強度を計算し、安全だと確信したから命令を下した」

「ですが……」

　正確な現場の状況は下からだとわからない、と村田がビルの屋上に目を向けた。

「だから、まず準備を命じた。リスクが高いと杉本が判断すれば、撤退命令を出す。だが、ＫＯ

ＮＩＳＨＩビルの要救を見殺しにはできん」

要救は死亡しているでしょう、と雅代は目を伏せた。

「大量の煙が噴出しています。一酸化炭素中毒死は免れないと……」

「確認は必要だ」

「そのために彼らが死んでもいいと？　剣崎くんをはじめ五人の研修生、ギンイチの消防士数名も負傷、搬送されています。危険な現場で、要救の人数も不明、情報不足は否めません」

「その通りだ」

「要救のためなら、消防士が死んでもいいと考えてるんですか？」

奴らも要救だ、と村田がビルを見上げた。

「消防士であろうと民間人であろうと、必ず救う。だが、十分な装備を送り、脱出の手段もある。何よりも、この経験が生きる時が来る」

「経験？」

訓練では身につかないこともある、と村田が言った。

「極限状況の中で生き残るには、考え抜くしかない。経験を積むことで誰かの、そして自分の命を守れるようになる」

「それは……わかっています」

「常識に囚《とら》われていれば、諦める以外選択肢はなくなる。だが、炎を消し、人命を救うためには常識もへったくれもない」

「……はい」

時には馬鹿になることも必要だ、と村田が話を続けた。

「いいか、柳。奴らの生還を俺は信じている。窮地《きゅうち》に陥った時、人間は初めて真剣に生死を考える。そこで得たものは忘れない」

わかりますが、と雅代は首を振った。

「アクシデントが起きない保証はありますか？　ビル内で人命検索中に床が焼け落ち、転落して動けなくなったら？　この状況では、誰も救助に入れません！」

その時は俺が行く、と村田が低い声で言った。

「剣崎を降ろしたロープで上がる。柳、杉本たちを信じろ。ＫＯＮＩＳＨＩビルの七階に誰もいなければ、とっくに退避命令を出している。確認が取れないから、人命検索と救助の準備を命じた。誰のことも見捨てない、それが消防士の掟《おきて》だ」

雅代は背後に目をやった。宇頭と大久保が一歩下がった。

要救がいる限り、消防士は必ずそこへ向かう。ギンイチに限らず、世界中の消防士が同じだ。人命を救うのは消防士の義務であり、責任であり、権利だ。

落ち着け、と村田が雅代の肩に手を置いた。

「安全にＫＯＮＩＳＨＩビルへ渡れるか、杉本の報告を待つ。状況によっては命令を切り替え、奴らを退避させる」

一パーセントでも不確定要素があれば、と雅代は言った。

「すぐに退避を命じてください」

当然だ、と村田がうなずいた。雅代はKONISHIビルに目を向けた。六階の窓ガラスが割れ、炎が噴き出していた。

3

四枚目の金網の切断を終え、夏美は右手を何度か振った。大型ニッパーを使うには握力がいる。親指の付け根に痛みが走っていた。

鰐口と岸野が屋上の床に金網を重ね、結束バンドで繫いでいる。硬化プラスチック製で、繫ぐ箇所を増やせばどこまでも強度が増す。

夏美はニッパーを防火服のポケットに差し、鰐口の横に座った。二枚の金網を完全に結束したのは二分後、それを二つ重ねて大型の結束バンドで締め終えたのは五分後だった。

鰐口と神谷で下を持て、と杉本が指示した。

「俺と岸野で立てる。しっかり押さえろ。動かすな」

了解、と夏美は叫んだ。金網一枚の重さは十キロほどだ。四枚で四十キロ、重いとは言えない。

杉本と岸野が声を掛け合い、一気に立てた。そのまま縁に近づき、同時に手を離すと、KONISHIビルに向かって金網が倒れた。大きな金属音と共にバウンドしたが、夏美も鰐口も手を離さなかった。

　橋が架かった、と杉本が金網を足で蹴った。

「鰐口、杭打ち機で固定しろ。強度が確認できたら、俺が橋を渡る」

　杉本が無線のスイッチを入れると、村田だ、と返事があった。

「杉本です。森山ビルとKONISHIビルの間に橋を架けました。今、森山ビル側を固定しています。渡れると思います」

「そうか」

「司令長、KONISHIビルの六階は火の海です。窓がすべて割れ、そこから炎と煙が上がっています。七階も煙が出ていますし、生存者がいるとは考えにくいです」

「だから？」

「屋上へ逃げた者がいるかもしれませんが、煙のために確認不能です。しかし、誰かいるのなら、救助を求めて手を振っているでしょう。やはり……」

「屋上に誰もいないと断言できるか？」

　いいえ、と杉本が首を振った。

「KONISHIビル屋上に給水タンクとトランクルームがありますが、裏側は見えません。確認すべきだと考えます」

「了解した。KONISHIIビルに渡り、人命検索せよ。要救がいた場合、背負って森山ビルに戻れ」

杉本が金網の橋に足を掛けた。重なった金網がこすれる音がした。

「ぼくがKONISHIビルへ行きます。要救がいたら鍔口……いや、岸野を呼んで、森山ビルへ運びます」

「なぜ岸野を選んだ？」

岸野の方が体重が軽いので安全に橋を渡れます、と杉本が答えた。

「その後、背負って降下します。KONISHIビルの屋上から、七階フロアに入る出入り口はどこです？」

給水タンクの裏だ、と村田が言った。

「管理会社によると、一辺六十センチの正方形で、換気口を兼ねている。ロックが掛かっているが、手斧《ておの》で壊せる」

「六十センチ……狭いですね」

酸素ボンベを背負ったままでは通れない、と村田が舌打ちした。

「面体も外さないと無理だろう。真下はエレベーターホールで、ライトで照らせば七階フロアの通路が見える。要救がいたら、エレベーターホール脇の用具入れに入っている脚立《きゃたつ》を使って押し上げればいい。単独行動は禁止する。岸野と一緒に動け」

命令、と村田が低い声で言った。

「KONISHIビルへ渡り、屋上に人がいるか確認しろ。その後岸野と共に七階フロアを調べるんだ」

「了解です」

鰐口と神谷は森山ビルで待機、と村田が指示した。

「森山ビル七階に炎が届くまで一時間ある。屋上が燃えるのはその一時間後だから、トータル二時間だ。ロープ降下による退避には十分な時間だが、ＫＯＮＩＳＨＩビルは三十分保たない。屋上の確認を二分で終え、七階フロアでの人命検索を十分以内に完了せよ。それ以上は危険だ。無線は絶対に切るな。いいな？」

午後九時二十四分、と杉本が腕時計に目をやった。

「俺が橋を渡る。二メートル足らずだから、五秒もかからない。一分でＫＯＮＩＳＨＩビルの屋上を見て回る。要救がいたらすぐ知らせる」

了解です、と夏美はうなずいた。俺の指示を待て、と杉本が言った。

「岸野、ＫＯＮＩＳＨＩビル側を杭打ち機で固定したら来てくれ。鰐口、神谷、橋を頼む」

風が強いですね、と鰐口が顔をしかめた。問題はこいつだ、と杉本がコンクリートの縁を蹴った。

「杭で打ち付けたから、内部に罅が入っているだろう。崩れて橋が落ちたら、俺と岸野はＫＯＮＩＳＨＩビルに取り残される。亀裂が走ったら、すぐ知らせろ。飛んで帰ってくる」

行くぞ、と面体を被った杉本が橋に足を掛けた。足元が揺れたが、三歩でＫＯＮＩＳＨＩビルへ渡った。

夏美は安堵の息を吐いた。風の勢いが強くなっていた。

4

無線から杉本の声が聞こえた。

「岸野、来い！　手斧を忘れるな。KONISHIビル屋上を確認中。今、救助タンクの裏だ。誰もいない……待て、蓋がある。七階フロアへの出入り口だな」

慎重な足取りで、岸野がKONISHIビルに向かった。トランクルームの周りを調べている、と杉本の声が続いた。

「鍵が掛かっている……岸野、ここだ。手斧でその蓋を叩き割れ。壊して広げるんだ。六十センチ四方じゃ狭過ぎる」

夏美の耳に、KONISHIビルの屋上から金属音が聞こえた。岸野が手斧を使っているようだ。

数秒沈黙が続き、無理だ、という岸野のつぶやきが無線から漏れた。

「杉本、蓋は割れたが、コンクリートは厳しい。どうする？」

俺の足を押さえろ、と杉本が言った。

「下を見る……煙が出ているが、七階の出火か？」

十秒も経たないうちに、駄目だ、と杉本が怒鳴る声が聞こえた。

「岸野、上げろ。暗くて何も見えない。ヘッドライトを寄越《よこ》せ。七階フロアに降りる」

本気か、と岸野の声がした。面体とボンベを頼む、と咳き込みながら杉本が言った。

了解、と岸野が叫んだ。一瞬、無線が途切れた。

「杉本さん！」

夏美はマイクを握りしめた。面体とボンベを受け取った、と杉本の声がした。既に三分が経過していた。

「七階フロアの照明は消えている。誘導灯もだ。故障か？　用具入れがあった。脚立を出す……よし、退路を確保した」

脚立を動かす音と杉本の声が重なった。

「煙は薄いが、床が熱い。六階が燃えているんだろう。どれぐらい保つかな？」

杉本が話し続けているのは、状況を伝えるというより、恐怖を紛《まぎ》らわすためだ。足元で火事が起きている。怯えない者はいない。

俺だ、と村田の声が無線に割り込んだ。

「杉本、エレベーターに背を向けろ。通路の右にクラブ〝エストワール〟がある。そこから調べろ」

「はい」

水道管とトイレを壊すのを忘れるな、と村田が落ち着いた声で言った。

「人がいたら、生死にかかわらず知らせろ。終わったら左側のバー〝美々《びび》〟だ」

了解、という杉本の返事と、荒い息遣いが聞こえた。七階フロアは四十度を超えているはずだ。フル装備では、立っているだけで体力をロスする。

杉本の体力は研修生の中でもトップクラスだが、プレッシャーもあるだろう。忙《せわ》しない呼吸はストレスのためだ。

それから数分、足音だけが聞こえた。時々、何かを叩く音がしたが、杉本が水道管とトイレを壊しているようだ。

「誰もいません」

杉本の声に、通路の奥は〝サウスバウンド〟というクラブだ、と村田が言った。

「左右の店より広い。報告では、真下の店の火勢が激しい。六階の天井が焼け始めている。危険だと判断したら、すぐに戻れ」

返事の代わりに、ドアを開ける音がした。すぐに、要救発見、と杉本が叫んだ。

「三人います！　全員女性！　呼吸を確認。意識は……立てますか？」

呻き声が重なった。杉本、と村田が怒鳴った。

「KONISHIビル六階の天井裏に火が回った。三人を通路に引きずり出せ」

無線の奥で、何かが爆《は》ぜる音が聞こえた。鰐口、と村田が叫んだ。

「お前は橋を守れ。神谷、KONISHIビルに向かえ。七階フロアに降り、杉本を補助しろ」

「わたしですか？」

お前の方が体重が軽い、と村田が低い声で言った。

「岸野は神谷を七階フロアに降ろせ。お前の役割が一番重要だ。杉本と神谷が三人の要救を支えるから、お前が引っ張り上げるんだ。できるな?」

はい、と岸野が答えた。僅かに声が震えていた。

杉本、と村田が言った。

「要救の状態は?　歩けるのか?」

通路に出ました、と杉本が荒い呼吸を繰り返した。

「温度の上昇を確認。七階フロアに入った時は四十一度でしたが、現在四十六度。要救は辛《かろ》うじて意識がありますが、自力歩行は不可!」

「了解した」

「熱傷は浅達性《せんたつせい》Ⅱ度、深達性Ⅱ度、Ⅲ度に進行するかもしれません……岸野、降りてこい!　手を貸せ!」

駄目だ、と村田が制した。

「神谷、急げ。岸野はその場を離れるな。神谷に要救を引っ張り上げる力はない」

ぼくが行きます、と立ち上がった鰐口の腕を掴み、夏美は首を振った。村田の指示は正しい。四人の体重、腕力、体格、その他の要素を考え合わせれば、自分が七階フロアに降りるしかない。

迷わず、夏美は金網に足を掛けた。焦ってはならないと手を強く握り、そのまま橋を渡った。

「岸野さん!」

こっちだ、と怒鳴り声がした。駆け寄ると、小さな穴からショートカットの女性の頭が覗いていた。下から杉本が押し上げている。

岸野が女性の両腋に手を突っ込み、強引に引きずり出した。神谷、と下から杉本の声がした。

「降りてこい。脚立があるから、それを使え」

夏美は面体と背負っていた空気ボンベを岸野に渡し、足から降りた。脚立につま先が触れた時、煙が噴き上がってきた。

「飛び降りろ！」

杉本と岸野が同時に怒鳴り、夏美は出入り口の縁に掛けていた手を離した。着地した時、踏ん張った足首に激痛が走ったが、構わず立ち上がると、岸野が降ろした面体を杉本が被せた。

空気ボンベに腕を通し、呼吸器を口に当てると、息が楽になった。左腕をやっちまった、と杉本が苦笑した。

「三人を引っ張り出した時に痛めた。無理やりだったからな」

熱気で、夏美の背中に汗が伝っていた。五十度を超えていてもおかしくない。

お前が下から持ち上げろ、と杉本が脚立の中段に足を掛けた。

「俺は脚立の真ん中で引っ張る。岸野の手が届けば、後は何とかなる」

夏美は救助用のレスクマスクを倒れていた女性の口に当て、腋に頭を突っ込んだ。痛い、とつぶやく声がしたが、そのまま立たせた。

「我慢してください！　必ず助けます！」

夏美は脚立を二段上がった。女性の薄いドレスを杉本が摑むと、生地が裂けた。

「神谷、もう一段上がれ！　俺が彼女の腕を摑めるようにしろ！」

揺れる脚立の上に、夏美、杉本、女性の三人が乗っている。足場が悪く、バランスを取るだけで精一杯だ。

「杉本さん、どいてください！　わたしが背負って上がります」

待て、と杉本が手を伸ばした。

「お前の背中の空気ボンベが邪魔だ。両腕で抱えるしかないが、お前にはできない」

一瞬の判断で、夏美は背中の空気ボンベを外した。意図を察した杉本が手を伸ばし、それを摑んだ。

呼吸器から口を離す前に大きく息を吸い込み、夏美は女性を背負った。空気ボンベを抱えたまま、杉本が脚立から飛び降りた。

一段ずつ、夏美は脚立を上がった。六段目で岸野が女性の腕を摑んだ。

「上げて！」

叫ぶと、夏美の肺から空気が出て行った。楽になったのは一瞬で、すぐに息が苦しくなった。

面体の中に残っていた空気を吸ったが、煙が肺に入り、激しく噎《む》せた。肺が痛み、涙が出てきた。

後ろで小さな音がした。呼吸器に酸素が送り込まれていた。

振り向くと、馬鹿かお前は、と呆れ顔で杉本が言った。

「こんなことをしてたら死ぬぞ！」

いいえ、と夏美は首を振った。六十秒なら、無呼吸でも動ける。杉本が必ずバックアップに来る。

上には岸野もいる。鰐口もだ。四人が倒れても、全研修生が駆けつける。

二カ月、苛酷な訓練を共にしてきた。死地に踏み込んだ仲間を見捨てる者はいない。それだけの絆《きずな》がある。

脚立を降りた杉本が、倒れていた女性の口にレスクマスクを当てた。夏美はもう一人の女性を背負った。

アイコンタクトで、役割分担が決まった。夏美が脚立を上がり、後ろから杉本が押す。二十秒で同じ六段目まで上がると、腕を掴んだ、と岸野が叫んだ。

呼吸ができなくなり、目の前が暗くなったが、後ろから支えた杉本が空気ボンベを面体に繋いだ。

「要救は三人だけですか？」

彼女たちは換気扇の下にいた、と杉本がうなずいた。

「割れた窓から、空気が循環していたんだろう。煙を吸っているが、辛うじて意識はある。他に要救はいない。出るぞ！」

面体越しに見える杉本の顔が苦痛に歪んでいた。左腕がだらりと伸びている。

「先に上がってください」

わたしが押します、と夏美は言った。すまん、と頭を下げた杉本が、ボンベと面体を外して手に持ち、一段ずつ脚立を上がった。

　夏美はその後に続いた。気配に振り向くと、通路の奥が明るくなっていた。

（炎だ）

　六階の炎が天井を焼き、七階フロアの床を貫いている。十分以内に、七階も火の海と化すだろう。

　杉本が屋上に上がった。岸野が伸ばした手を、夏美はしっかり握った。

5

　要救三名を救助、とKONISHIビルの屋上で杉本が無線のマイクに向かって叫んだ。

「意識混濁、自発呼吸あり。大至急、救急車の手配願います！」

「お前たちは無事か？」

　村田の問いに、左腕をやられました、と杉本が答えた。

「肩を脱臼したようですが、救命活動に支障はありません」

　そんなわけがない、と村田が苦笑した。

「聞け、KONISHIビル七階に炎が広がっている。屋上の床は耐火構造だが、高熱で鉄筋が歪むとビル全体が傾く」

「ビルがですか？」

五度以上傾斜がつけば、と村田が言った。

「架けている橋が落ちる。急いで森山ビルに戻れ」

杉本の手からマイクを奪い、無理です、と夏美は怒鳴った。

「わたしたちは三人、要救も三人、そして杉本班長は左腕を負傷しています。一人で二人の要救を背負うことはできません！」

冷静になれ、と村田が言った。

「どうすればいいか考えろ。考え抜いて答えを出すんだ」

夏美は杉本、そして岸野に目をやった。三人の女性が仰向けで床に横たわっている。時間はない。

鰐口、と杉本が叫んだ。

「こっちへ来い！　岸野と神谷が金網の橋を押さえる」

了解、と返事があった。要救は任せる、と杉本が言った。

「鰐口が来たら、俺が向こうに渡って橋を押さえる。一人ずつ背負って、森山ビルに戻れ」

夏美は杭で打ち付けてあるコンクリートの縁に目をやった。

「岸野さん……罅が大きくなっています」

肩をすくめた岸野が、慎重に渡れ、と怒鳴った。了解、と手を振った鰐口の姿が煙で一瞬見えなくなったが、数秒でＫＯＮＩＳＨＩビルに渡ってきた。

杉本が先に戻る、と岸野が言った。

「俺たちは要救を一人ずつ背負い、森山ビルへ向かう。神谷、空気ボンベを捨てろ。重量を減らすんだ」

夏美、岸野、そして鰐口の三人で給水タンクの裏に回った。杉本が倒れている女性の手首に手を当て、脈を計った。

「呼吸が浅く、脈も弱い。低酸素血症だが、すぐに手当てをすれば後遺症は残らない」

呼吸不全によって、酸素を取り込み二酸化炭素を排出する肺の機能が不十分になると、低酸素血症が起きる。

煙を吸い込んだために、三人の女性は呼吸不全を起こしたようだ。それなら、酸素投与によって回復する。

「ついさっきまで、意識はあった。呼吸器を貸せ。酸素を送る」

夏美は自分の呼吸器を倒れている女性の口に固定した。杉本、と岸野が屋上に流れている煙を透かして、前を見た。

「先に戻って、森山ビル側で橋を押さえてくれ。コンクリートに罅が入っていた。俺たちの体重がかかると杭が動く。割れたら橋ごと落ちるぞ」

任せろ、と杉本がその場を離れた。女性を背負え、と岸野が指示した。

「彼女たちの体重が五十キロなら、背負えば百二十キロ、それ以上かもしれない。鰐口、お前が先発しろ。次が神谷、最後が俺だ」

わたしが最後です、と夏美は首を振った。

「体重が一番軽いのはわたしで、その分負荷が減ります。岸野さんたちが渡った後でも、コンクリートは保つはずです」

わかった、と岸野が女性を背負った。鰐口の唇が震えている。それは夏美も同じだった。

神谷、と岸野が夏美の肩に手を置いた。

「お前を信じる。俺たちは誰も死なない。そうだな？」

当たり前です、と言った夏美に、すまなかった、と岸野が頭を下げた。

「橋は押さえた！　渡ってこい！」

森山ビルの屋上で、杉本が叫んだ。女性を背負ったまま、鰐口が橋に足を掛けた。無言で渡り始める。四重の金網がひと足ごとに撓《たわ》んだ。

ただ、幅は二メートルもない。渡り切るまで十秒もかからなかった。

先に行く、と岸野が顔だけを夏美に向けた。大丈夫です、と夏美はうなずいた。見ているのは足元の杭だった。

鋳が大きくなっているように見えたが、錯覚だと自分に言い聞かせた。六カ所で固定しているし、杭は深く打ってある。コンクリートは簡単に割れない。

「神谷、急げ！」

杉本の声に、夏美は顔を上げた。岸野が橋を渡り終えていた。

「大丈夫だ、渡れる！」

夏美は空気ボンベと呼吸器を捨て、橋に向かった。転倒すれば、二人分の衝撃がかかる。危険なのはそれだ。

　こっちを見ろ、と叫んだ岸野が手を伸ばした。

「余計なことは考えるな！　お前が戻ったら、そのままロープで懸垂降下する。三人を病院へ緊急搬送するんだ。絶対に死なせるな！」

　背後が明るくなった。振り向くと、トランクルームが燃え上がっていた。

（自然発火）

　トランクルームはステンレス製で、厳重に施錠《せじょう》されていた。密閉空間で熱せられた空気の温度が急激に上昇し、燃えたのだろう。

「神谷！」

　森山ビルから三人の叫び声がした。夏美はまっすぐ前を見て、足を進めた。

　三歩目で金網が大きく傾いたが、左手を伸ばした杉本が夏美の防火服をしっかりと摑んだ。

「もう一歩だ！　頑張れ！」

　渡り切った安堵感で緊張が解け、足がもつれた。倒れそうになった体を支えたのは岸野だった。

　杉本が袋から出したハーネスで、鰐口と女性の体を固定している。岸野が素早くハーネスを夏美に装着し、ロープを屋上の支柱に固く縛った。

　お前から降りろ、と杉本が鰐口の肩を叩いた。

「上で俺たちが支える。懸垂降下訓練は何度もやってる。ハーネスの装着も確認した。降下用機材を使って降りろ。受け入れ態勢は整っている」

「了解」

「次は岸野、それから神谷だ。俺は一人だから、支えはいらない」

右腕だけで大丈夫ですかと囁いた鰐口に、何とかなる、と杉本が笑った。

「三人の要救を病院へ搬送するんだ。さっさと行け！」

女性を背負ったまま、鰐口が屋上の縁に立ち、ロープを握った。

「行きます！」

夏美はロープを摑み、自分の体に引き寄せた。杉本も岸野も同じだ。

二分後、岸野、と無線から村田の声が流れ出した。

「鰐口と要救が地上に降りた。お前も続け。その次は神谷だ。森山ビルの七階に延焼した。慎重に、だが急いで降りろ」

行くぞ、と岸野が叫んだ。任せろ、と杉本がロープを腰に巻き付けた。

岸野が降下用機材を使って降り始めた。九十秒後、回収した、と無線から村田の声がした。

「神谷、降りろ」

行け、と杉本がうなずいた。夏美は女性を背負ったまま、ロープを摑んだ。屋上の縁を蹴ると空中に体が投げ出され、一メートル下がった。

下を見ることができない。どこまで降りているのか、それもわからなかった。緊張と恐怖で、視野が極端に狭まっている。

誰かの手が防火靴に当たった。数人の消防士が夏美の体を抱き止め、横から伸びた数本の手がハーネスを外した。女性を抱えた消防士が力強い足取りで晴海通りへ走っていく。

救急車はハカヤ通りに入れない、と大久保が夏美の耳元で怒鳴った。

「二人の要救の意識が戻った、と救急救命士から連絡があった。お前たちが救ったんだ」

彼女は、と走っている消防士の背中を目で追った夏美に、安心しろ、と大久保が笑いかけた。

「晴海通りで救急車が待機している。医師もだ。お前は？　怪我はないか？」

いいえ、と首を振り、夏美は上に目を向けた。右腕一本で降下用機材を摑んだ杉本がビルの壁を蹴り、降下を始めていた。

fire9　体力テスト

1

銀座の雑居ビル火災から約ひと月が経った四月二十五日、朝八時。研修中の全員がグラウンドに整列した。

二月一日、全国の消防署から三十名の消防士がギンイチでの研修に参加したが、初日だけで十人の辞退者が出ていた。

その後、訓練及び火災現場への出場に際し、負傷した者もいた。最終的に残ったのは十二人、四班編成は三班に変わり、各班の人数も四人になっていた。

夏美は後ろに目をやった。離れた場所に、八人の研修生が座っていた。

腕にギプスをはめた杉本、松葉杖をついている剣崎、他の六人も頭や足に包帯を巻いている。

負傷により、研修からの離脱を命じられた者たちだ。

右端で、梶浦美佐江が歯を食いしばっていた。銀座の雑居ビル火災に出場した際、転倒して肋《ろっ》骨《こつ》を折り、入院していた。戻ったのは昨日だ。

なぜ自分がグラウンドに立っているのか、と夏美は美佐江の顔を見つめた。約束したからだ。言葉にはしていないが、八人の無念を背負う、と決めていた。

美佐江と目が合った。悔しいのだろう。肩が震えていた。

(梶浦さんなら合格したはずだ)

美佐江の能力は、誰もが認めていた。各種訓練の成績は常に上位で、リーダーシップもある。転倒による骨折は不運だっただけだ。

研修の合間を縫《ぬ》い、病院へ見舞いに行った。体力テストを見学したい、と美佐江が言ったのは一週間前だ。

「過去三回の研修で、負傷者は所属消防署に戻ったと柳さんから聞いた。でも、杉本くんたちと話した。わたしたちは諦めない。必ずチャンスが来る。その時のために、見学の許可を取った」

美佐江の言葉から、覚悟が伝わってきた。逃げない、と決めたのはその時だ。

体力テストでどんなに成績が悪くても、辞退はしない。それが夏美の覚悟だった。

風が強く吹いている。村田と視線が交錯したが、夏美は目を逸らさなかった。

2

今日で研修が終わるわけじゃない、とグラウンドの壇上に立った村田が言った。

「見学者は次の研修に参加すればいい。二度とごめんだと言うなら、それも構わん。体力テストをクリアした者は面接に進み、そこで合否を決めるが、日本最大のメガ消防署、ギンイチでの勤務は楽じゃない。無理やり入れと言うつもりはない。選択権はお前たちにある。この場で辞退したっていいんだぞ」

どうだ、と村田が左右に顔を向けたが、手を挙げる者はいなかった。ここまで来て、体力テストを辞退する者はいない。

(よく残った)

雅代は列の最後尾に目をやった。緊張した表情の神谷夏美が立っていた。

半月保たないだろうと雅代は思っていたが、本人も気づかなかったファイヤーファイタースピリットが覚醒《かくせい》し、最終テストまで残った。

きっかけになったのは雑居ビル火災だ、と雅代は小さく息を吐いた。あれから全員の結束が強くなった。

ワンチームという意識を持つようになり、協力しなければ炎に勝てないと悟った。自分のために発揮できる力は百パーセントだが、誰かのためなら二百パーセントにもなる。

その意識を持った者は強い。今までの研修とは違う、と雅代はうなずいた。

体力テストのメニューは村田が作成していた。最初のコンバットチャレンジは、いくつかの種目を組み合わせ、制限時間内にミッションを達成すればクリアとなる。

三週間前から、定期的に予行訓練を行なっていた。夏美がクリアしたことはないが、タイムや回数は上がっていた。

（チャンスはある）

改めて、雅代は夏美の顔を見た。顔色が青白くなっていた。

3

村田が壇を降りると、もう一度説明しておく、と宇頭が大声で言った。

「体力テストは大きく三つに分かれる。まず個人種目のコンバットチャレンジ、次に三人ずつ組んでのビル火災模擬訓練、最後は基礎体力だ。いずれも一時間前後で終わるだろう。三つのうち二つをクリアすれば合格だ。ひとつ落としても諦めるな」

あれを見ろ、と宇頭がグラウンドに建っている五階建ての仮設の建物を指した。

「コンバットチャレンジは以下の五つ。二十キロのホースを担いで五階へ上がるハイライズパックキャリー、続いて五階からロープ一本で二十キロの重りを引き上げるホースホイスト、その後地上へ降り、ハンマーを使ったフォーシブルエントリー、次に放水を的に当てるホースアドバンス、最後は八十キロのダミー人形を抱え、三十メートル後方に移動するヴィクティムレスキュー。合格ラインは三分三十秒だ」

ハイライズパックキャリーでは、約三メートルのホースを五本肩に担ぎ、五階まで駆け上がる。重量は二十キロ、バランスを崩せばホースが肩から落ち、タイムをロスする。

次のホースホイスト、そしてフォーシブルエントリーは腕力が絶対条件だ。ホースホイストでは、一本のロープだけで二十キロの重りを約十五メートル引き上げる。体重の軽い夏美には不利な種目だった。

ホースアドバンスは所定の位置で十メートルホースを構え、約三メートル先の的を狙う。比較的簡単だが、最後のヴィクティムレスキューは厳しい。

八十キロのダミー人形の腰に後ろから手を回し、三十メートル後退する。まず、地面に転がっているダミー人形を起こすこと自体が難しい。移動中、人形の足以外を地面につければ失格となる。

この五つの種目を、三分三十秒以内にクリアしなければならない。先週から、本番と同じ形でタイムを計っていたが、夏美の記録は最短で三分五十秒だった。

落ち着け、と隣で峠が囁いた。

「三つあるテストのうち、二つをクリアすればええんじゃ。コンバットチャレンジだけで合否は決まらん。あかんくてもビル火災模擬訓練と基礎体力テストが残っちょる」

苛酷なんは確かじゃがな、と峠が苦笑した。夏美は五階建ての建物を見上げた。階段を村田が上がっていた。

4

ウォーミングアップの準備体操、グラウンドを二周して体を温めた十二人が二列に並んだ。

全員聞け、と宇頭が十メートルほど後ろを指した。

「あそこがスタートラインだ。積んであるホースを担いで、五階へ上がれ。エレベーターのない建物を想定している。左右の階段を使い、二人ずつ行け」

並んでいる順番で始めろ、と宇頭がそれぞれの顔を順に見た。

「予行訓練は何度もやっているから、手順はわかってるな？　質問は？」

五つの種目はコースになっている。それぞれ場所が離れているので、全長三百メートルの全力疾走が続く。屈強な男性消防士でも失神するほど、苛酷なレースだ。

よし、と宇頭が手を叩いた。

「風間と大塚《おおつか》、前に出ろ」

スタートラインに立った風間と大塚に、始め、と宇頭が短く言った。ダッシュした二人が束になっているロープを肩に担ぎ、階段を駆け上がった。

十五メートルを二十秒強で上がり、五階にロープの束を置いた。事前にセット済みのロープを手繰り寄せ、二十キロの重りを引き上げると、階段を駆け降りる防火靴の足音が響いた。

四十メートル先に設置されている二本の鉄のレールの前に、二人が立った。三十センチ幅のレールの間に、重量五十キロの鉄の塊《かたまり》が挟んである。

レールはどちらも固定されている。その上に両足を乗せ、ハンマーで鉄の塊を叩くと、少しずつ動く。一メートル動かせば、フォーシブルエントリーはクリアだ。

室内に閉じ込められた者を救助する際、分厚いドアをハンマーで叩き壊さなければならない。それを想定した訓練がフォーシブルエントリーだ。

ハンマーを振るう腕力も重要だが、的確なポイントに当てないと鉄の塊は動かない。難易度は高かった。

風間がリズミカルにハンマーを打ちつけ、三十秒もかけずに鉄の塊を動かし、ハンマーを投げ捨てた。大塚との間に差がついた。

そこから風間が左に三十メートル走り、置かれてたホースを両腕で抱え、十メートル前進した。

「よし！」

風間が叫ぶと、大久保がバルブを開いた。勢いよくホースから迸《ほとばし》った水が三メートル前の的に当たった。

フォーシブルエントリーを終えた大塚が後を追っている。タイム差は三十秒。

ホースを地面に置いた風間が五十メートル先のダミー人形に駆け寄り、腰を屈めて持ち上げた。一歩ずつ、後ろに下がっていく。

ホールドが甘いと、ダミー人形がずり落ちる。後ろを見る余裕はない。

ゴール、と金井が肩を叩くと、風間がその場に膝をついた。二十秒後、ダミー人形を引きずった大塚がゴールに倒れ込んだ。

夏美は腕の時計に目をやった。風間は二分五十秒、大塚は三分十二秒、どちらも合格ラインをクリアしていた。

5

風間と大塚がダミー人形を元の位置に戻した。スタートラインに立ち、夏美は深呼吸を繰り返した。

隣に立っていた殿山が、落ち着け、と声をかけた。各班の人数が減ったため、順番はランダムだ。

準備はいいか、と宇頭が夏美と殿山に目をやり、始め、と合図した。夏美は正面に向かってダッシュした。

十メートルの距離だから、殿山と差はつかない。二十キロのホース束を肩に担いだ。

ホースの長さは約三メートル、五本がロープで結ばれている。少しでも重心がずれると、階段を上がる時にバランスが崩れる。焦るな、と自分に言い聞かせた。

夏美は階段を上がり、次の段だけを見つめ、足を動かし続けた。何度折り返したのか、数える暇はなかった。五階でロープの束を肩から降ろし、手摺りから下がっているロープを摑んだ。

ホースホイストでは、腕力だけで二十キロの重りを手繰り上げる。すぐに腕が震え出し、息が苦しくなった。

数メートル離れている殿山の荒い呼吸音が聞こえた。喉からは呻き声も漏れていた。

壁から身を乗り出し、両手を交互に使ってロープを手繰り寄せた。十五メートル下にあった重りが、視界の中で徐々に大きくなった。

三メートル、二メートル、一メートル。最後に両手で重りのフックを摑み、引きずり上げた。

殿山が階段を降り始める。腕時計が一分七秒を表示していた。

階段を駆け降りると、殿山がハンマーで鉄の塊を叩く高い音が聞こえた。二十秒以上差が開いている。

最後の二段を飛び降り、夏美はハンマーを振り上げ、自然落下の勢いを利用して鉄の塊を叩いた。的確な位置を叩かなければ、鉄の塊は動かない。無理に力を入れると、かえってポイントを外す。

二人のハンマーがリズミカルに音を立てた。殿山がレールから離れた十五秒後、夏美もハンマーを捨てて走り、ホースを引きずり出した。

体力の消耗が激しく、思うように体が動かない。白いラインで足を止め、よし、と叫ぶとホースから大量の水が放出された。

的に当たったのを確認し、ホースを捨てて五十メートルを全力で走った。乱れた呼吸のリズムを整え切れないまま、ダミー人形に手を掛けたが、その場で膝が崩れた。

だが、心は折れていない。ダミー人形の両脇から手を入れ、腰をホールドした。

腰を屈め、一気に引き上げると、一瞬、目の前が真っ暗になった。酸欠だ。

夏美は大きく息を吸い込み、ダミー人形を抱えたまま後退した。手を放せば、立て直しは利かない。両手のグリップを固め、一歩、また一歩と下がり続けた。

よし、と金井に肩を叩かれ、夏美はその場に崩れ落ちた。ラストの数メートルは完全な無呼吸だった。

「三分三十秒ジャスト」

ぎりぎりセーフだ、と金井がペットボトルの水を渡した。キャップに掛けた手が震え、水が辺りに飛び散った。

6

グラウンドの奥にある二階建てのビルは火災消火及び救出訓練で使用される。特殊装置によって、内部が高温になっている。三十メートル離れていても、熱が感じられるほどだ。

「今からビル火災模擬訓練を行なう」

各員、装備を点検しろ、と宇頭が怒鳴った。

「ビル内の室温は百四十度。一階から入り、二階で機動訓練に移れ」

機動訓練とはホースの連結、放水、ホースの切り離しを指す。その後、三階で要救を検索、と宇頭が説明した。

「救助後、外へ出ろ。各員の連携も考査の対象となる。危険な事態も起こり得るから、十分に注意しろ」

一階が九十度、二階は百二十度、三階は百四十度に達する、と宇頭が説明した。内部には強烈な熱気が充満し、活動時間は五分が限界だ。

各員が二十メートルホースを持ち、二階で連結、放水するが、瞬時に水が蒸発し、湿気が視界を遮る。面体を装着していても、熱が顔を直撃する。

フル装備、空気ボンベも背負っているので、動きも制限される。パニックに陥り、気絶する者も多い最高難度の訓練だ。

訓練は三人一組で行なう、と宇頭が言った。峠が挙手し、夏美は風間班の菊田《きくた》と並んで一歩前に出た。

ビル火災模擬訓練を夏美がクリアできる確率は低い。脱水症状によって気を失ってもおかしくなかった。

始めろ、と宇頭が地面に置かれていたホースを指した。

「あれを担いでビルに入れ。教官一名が同行するが、危険だと判断すれば強制終了する。指示には必ず従え」

了解、と答礼した峠がホースに向かって走った。夏美と菊田もそれに続いた。

ホースは二十メートル、重量約十キロだ。ずっしりとした重さが肩に食い込んだ。先に立った金井に続き、ビルに近づくと、凄まじい熱気が迫ってきた。

扉を開けるぞ、と金井が叫んだ。

「峠、神谷、菊田の順だな？　順路だが、奥の階段から二階へ上がり、そこでホースを連結しろ。放水で火を消したら切り離せ。その後、三階で要救捜索、救助に当たれ」

金井が重い扉を開いた。防火服の上から、熱が三人を襲う。体中から汗が噴き出した。

呼吸をしろ、と金井がハンドサインを出した。声は出せるが、無闇に口を開くと気道熱傷を負いかねない。そのため、意思疎通は原則としてハンドサインで行なう。

火災現場では数百度、状況によっては千度を超えることもある。模擬訓練なので、温度を百四十度に抑えているが、それでも急激に体温が上昇し、活動服の下が汗だくになった。

オフィスを模した構造なので、内部にデスクや椅子、キャビネットが並んでいる。面体越しに見えるすべての物が赤く染まっていた。

触れるな、と峠が手でバツ印を作った。壁内に設置された特殊装置によって、建物全体が熱で充満している。不用意に触れると、防火手袋越しでも火傷しかねない。

姿勢を低く、と峠が合図した。ヘッドライトの光で通路が見える。素早く奥へ進み、階段を上がった。

フロアがひとつ違っただけで、体感温度が一気に上がった。防火服の下で皮膚が焦げている気がするほどだ。

フロアの隣に、バーナーで焼いた大きな鉄板があった。火元だ、と金井が指さした。

ホースを連結する、と峠がハンドサインを出した。夏美は床にホースを置き、二人とアイコンタクトを取りながら連結作業を始めた。

峠が室内にある水利に自分のホースを差し込み、夏美は菊田のホースと自分のホースを繋いだ。三本のホースが連結し、約六十メートルの長さになった。

筒先を持った峠が手を振ると、菊田が水利のバルブを全開にした。水が一気に流れ、二人の間でホースを摑んでいた夏美の手を弾き飛ばした。バルブから離れた菊田が加わると、ようやくホースが安定した。

峠が放水を始めると、鉄板に当たった水が蒸発し、視界が奪われた。何も見えない。

落ち着くんじゃ、と峠の声が面体のイヤホンを通じて聞こえた。

「慌てたらいけん」

炎が消えた、と金井がハンドサインを出した。ホースを切り離せ、と峠が指示したが、面体の曇《くも》りで何も見えないまま、夏美は呆然《ぼうぜん》と立ち尽くしていた。

しっかりせえ、と峠に肩を強く叩かれ、手探りで夏美はホースの連結を外した。

「神谷、聞こえるか？　しっかりせえ！」

叫んだ峠に、夏美は右手を上げ、OKサインを出した。ホースを持て、と峠が指示した。

「肩に担ぐんじゃ。三階に上がる。要救がおるんじゃ。救助して、外に出る。ええな？」

峠の声は聞こえたが、体が言うことを利かない。全身の血液が沸騰しているようだ。

峠の誘導に従って通路を進み、三階へ上がった。強い熱気に、意識が遠のいていく。

その時、赤ん坊の泣き声が聞こえた。峠と菊田が顔を見合わせた。

三階フロアで要救を模したダミー人形を捜し、三人で外へ運び出す。それがビル火災模擬訓練のゴールだ。

要救は大人だと夏美は思っていたし、峠と菊田も同じだろう。思い込みを利用したフェイクだが、夏美はホースを捨て、一歩前に出た。赤ん坊を救うことしか考えられなくなっていた。

「待て、神谷！」

峠が夏美の肩を摑んだ。

「一人で動くな！　死ぬぞ！」

夏美は峠の腕を振り払い、通路を走った。ストップ、と前に回った金井が夏美の腕を摑んだ。

「訓練中止。峠と菊田はホースを回収しろ。俺が神谷を外に出す」

中止、と金井が怒鳴ると、三階フロアの照明がついた。特殊装置が停止し、室温が下がっていく。

失格、とスピーカーから雅代の声がした。待ってください、と菊田が叫んだ。

「話が違います。要救が赤ん坊だとわかれば、誰でも動揺します」

ほうじゃ、と峠がうなずいたが、失格、と雅代が繰り返した。

「三階に要救がいると伝えたが、大人とも子供とも言っていない。火災現場に赤ん坊がいる可能性はある」

神谷は赤ん坊の泣き声に反応し、闇雲に動いた、と雅代が言った。

「火災現場の単独行動は自殺行為と変わらない。峠くんと菊田くんの命も危険に晒した。冷静に対処すべきなのに、感情で動いた。失格と見なす」

金井が夏美の面体を外した。肩を落とした峠と菊田がフロアを出て行く。金井に促され、夏美はその後に続いた。

7

不意打ちは卑怯じゃったな、とグラウンドに降りた峠が苦笑いを浮かべた。

「赤ん坊の泣き声が聞こえたら、誰でも混乱する……わしも驚いた。村田司令長の差し金じゃろ。意地の悪いこっちゃ。しゃあない、と菊田も言うとった。気にすなや」

こっちだ、と手招きした杉本に峠と二人で近づき、八人の見学者と並んで座った。三人の研修生がビルに入っていくのが見えた。

そんな顔するな、と剣崎が夏美と峠の肩を叩いた。

「柳さんのアナウンスで、大体のことはわかった。無茶言うなって話だ。要救の情報を伏せておく指揮官がいるはずもない。赤ん坊がいると知っていれば、神谷も落ち着いて対処できただろう」

いいえ、と夏美は首を振った。三階に上がった時点で、冷静さを失っていたのは、自分でもわかっていた。

まだ基礎体力テストが残っている、と杉本が言った。

「三つのテストのうち、二つクリアすればいい。次で取り返せ」

厳しいです、と顔を伏せた夏美に、休んだ方がいい、と美佐江がペットボトルの水を差し出した。

「水を飲んで……まだ三組残ってるし、基礎体力テストまで一時間近くある。横になる？」

止めておけ、と杉本が肩をすくめた。

「村田司令長が見ている。ふざけるな、たるんでる……何を言われるかわからない」

五分ほど経つと、三人が外に出てきた。先頭の殿山が拳を突き上げたが、クリアしたのだろう。

次の三人が準備を始めた。基礎体力テストだが、と杉本が声を低くした。

「メニューは簡単だ。フル装備でグラウンドを五周し、三十分以内にゴールしたら装備を外し、三分間で二十五回の腕立て、同じく三分で四十五回の腹筋、そして懸垂十回だ」

問題は懸垂じゃな、と峠が腕を組んだ。

「神谷の記録は八回止まりじゃろ？　それでも立派なもんよ。じゃが、村田さんは女だろうが容赦せんからのう」

対策はある、と杉本が言った。

「昨日も話したが、二千五百メートル走では時間をフルに使え。神谷の持ちタイムなら、二十七分で走れる。最後は歩いたっていい。腕立てと腹筋は一分で終わらせろ。体力を温存して、懸垂に備えるんだ」

ええか、と峠が夏美の肩に手を置いた。

「基礎体力テストをクリアせんと、面接には辿《たど》り着けんぞ」

その面接だが、と剣崎が首を捻った。

「設問の意図は何だ？　海で母親と恋人とボートに乗っている、突然海が荒れ、二人が同時にボートから落ちた、どちらか一人しか救えない、お前ならどうする……そんな問いに正解なんてあるか？」

今は基礎体力テストに集中しろ、と杉本が言った。

「余計なことは考えるな。クリアしないと次はないんだ」

夏美はペットボトルの水を飲んだ。体中から汗が噴き出した。

8

杉本のアドバイスに従い、夏美は意図的にペースを落とし、二千五百メートル走を三十分ジャストでゴールした。五分の休憩を挟み、腕立てが始まった。夏美は二分強で終えた。

再び五分の休憩があり、腹筋に移った。鰐口が足をホールドしている。体重差があるので、その分楽だ。四十五回をクリアしたのは、二分三十秒後だった。

五分休憩、と宇頭が言った。

「その後、懸垂を始める。時間に制限はない」

クリアした者はシャワーを浴びて着替えろ、と宇頭が命じた。

「面接は十三時からだ。質問はひとつだけ、答えたら部屋に戻れ。合否は明日の朝発表する」

はい、と全員が大声で答えた。宇頭がグラウンドの鉄棒を指さした。

「二人ずつやれ。三十分ほどで終わるだろう……最後に言っておく。全教官が各員の努力を認めている。だが、最終的に合否を決めるのは村田司令長だ。あの人の基準は俺にもわからん。うまくやれ」

グラウンドの端から近づいてきた村田が、演説は終わったかと言った。頭を掻いた宇頭が一歩下がった。

五分経った、と村田が腕時計に目をやった。

「鉄棒前に移動しろ。順番は俺が決める。鰐口、神谷、お前たちからだ」

重い沈黙が漂った。村田は夏美を潰すつもりだ、と全員がわかった。

二千五百メートル走、腕立て、腹筋で誰もが体力を消耗している。回復には時間が必要だ。夏美は村田に目を向けた。能力の劣る者は切る、と顔に書いてあった。

八回まではいける、と隣で峠が囁いた。

「それだけの力があるんじゃ。自信を持て。集中すれば、プラス二回もいける」

移動、と村田が低い声で言った。五十メートル離れた鉄棒に向かって、全員が走った。

「鰐口、神谷、前に出ろ」

他はその場で座れ、と村田が命じた。

「金井、補助しろ。神谷の身長だと手が届かない」

鉄棒の高さは二・五メートルだ。夏美の腰に手を当てた金井が体を押し上げた。

防火手袋をはめた手で、夏美はバーを摑んだ。一、と鰐口が叫んだ。夏美は素早く体を上げ、バーに下顎をつけ、そのまま体を下ろした。

五回目が終わると、腕が震え始めたが、無視して六回目に挑んだ。七、と横で鰐口が怒鳴った。

焦るな、と峠が声をかけた。

「落ち着くんじゃ。お前ならできる！」

六回目の懸垂を終えると、震えが全身に広がった。手の位置を僅かにずらし、バーにぶら下がったまま耐えた。

十回の懸垂を終えた鰐口がバーから手を放した。夏美は目をつぶり、折れそうなほど歯を嚙みしめ、体を持ち上げた。

「後四回だ！　いけるぞ！」

杉本が叫んだ。その声を受けて七回目、そして八回目をクリアしたが、いきなり腕から力が抜けた。

諦めろ、と村田が言った。

「練習は見ていた。お前の力はそんなものだ」

火災現場ではバディだけが頼りだ、と村田が腕を組んだ。

「誰にでもミスはある。その時、腕を摑むのはバディだ。お前にそれができるか？　手を放せばバディは死ぬ。人殺しに消防士は務まらない」

数秒、沈黙が続いたが、ふざけるな、と岸野が立ち上がった。

「俺たちは、消防士は、絶対に諦めない。神谷、手を放すな！」

岸野の声が怒りで震えていた。消防士の誇りを傷つける者は村田であっても許さない。その想いが胸にあるのだろう。

岸野、と村田が声をかけた。

「どうした？　さんざん神谷に辞めろと言っていたが、同情でもしたか？」

あいつは仲間です、と岸野が夏美を指さした。

「銀座のビル火災でわかりました。神谷にならしら、命を託せます！」

青春だな、と村田が笑ったが、負けるな、と岸野の隣で殿山が怒鳴った。

「粘れ！　俺もお前を認める！」

唇から垂れた血が口の中に入り、鉄の味がした。夏美は震える手でバーを強く握り、強引に体を持ち上げた。
九、と全員が叫んだ。座れ、と村田が手で制したが、従う者はいなかった。
「神谷、ラスト一回だ！」

「集中しろ！」

「手を放すな！」

バーにしがみつけ、と杉本が前に出た。

「お前たちは弱い、と司令長は言った。そうだ、俺たちは弱い。だから、全力で炎と戦う。自分で限界を決めるな！」

諦めるのは簡単だ。言い訳は無限にある。だが、仲間を裏切ることはできない。

夏美は腕に力を込めたが、一ミリも動かなかった。何もできないまま、十分が経った。

金井、と村田が怒鳴った。

「終わりだ。神谷を下ろせ」

できません、と金井が首を振った。

「忘れたんですか？　時間に制限を設けないと決めたのは司令長です」

情けをかけてどうする、と顔をしかめた村田に、違います、と宇頭が前に出た。

「神谷はバーから手を放していません。要救はまだ生きているんです。ここで下ろせば要救は死にます。それでいいんですか？」

精神論や根性論で炎は消せない、と村田が鋭い視線を左右に向けた。

「自分の実力をわかっていない消防士は、いつか誰かを殺す」

夏美は右手を放した。バーを摑んでいるのは左手だけだ。

時間の無駄だったな、と村田が肩をすくめたが、夏美は右手を伸ばし、バーを摑み直した。

十秒だけ右腕を下ろしたことで、感覚が戻っていた。両腕に力を込め、夏美は体を持ち上げた。

肘を曲げると、下顎がバーに触れた。駆け寄った大久保が手を伸ばしたが、いいえ、と夏美は首を振った。

「自分で降ります。司令長に難癖《なんくせ》をつけられたくありません」

バーから手を放すと、地面に足がついた。夏美は震える手で手袋を外した。こすれた手のひらから血が滲んでいた。

次、と村田が言った。

「喚いていたのは殿山と岸野だな？　交替しろ。予定より遅れてる」

夏美は鉄棒から離れた。列から飛び出した美佐江が肩を支えた。

fire10 面接

1

十二人がそれぞれの部屋に戻り、シャワーを浴びた。体力テストで落ちたのは三人だった。話が違う、とベッドに腰を下ろした杉本が苦笑した。

「前の研修では、半分以上が面接に進めなかったと聞いてる。うちの班は峠、神谷、鰐口、三人ともクリアした。基準が緩くなったのか?」

そんなわけない、と剣崎が夏美に目をやった。

「気持ちの問題だ。前の奴が受かれば、次の奴も必死になる。それだけのことだ」

どうなるんでしょうね、と鰐口が囁いた。

「質問はひとつだけ、と村田司令長は言ってました。『お前たちは海でボートに乗っている。母親と恋人が一緒だ。突然海が荒れ、二人が同時にボートから落ち、救えるのは一人だけだ。どちらに手を伸ばす？』設問を予告する面接なんて、聞いたことがありません」

二月に研修が始まってしばらくの間、各班で村田の意図の探り合いが続いたが、日々の訓練の厳しさに話題に上らなくなった。いくら考えても、脱落すれば意味がない。

村田の設問について、十日ほど前からお互いの考えを話し合うようになった。だが、結論は出ていない。

解答は三パターン、と杉本が言った。

「母親を救う、恋人を救う、どちらも救う、そのいずれかだ。理想を言えば、二人とも救うのが正解だが、どちらか一人しか救えない、と条件がついている。二人とも救うと答えれば、具体的にはどうする、と村田さんは詰めてくるぞ。気合だ、根性だと精神論を振りかざせば、あっさり落とされる。そうだろ？」

それぞれに理想の消防士像がある。それに則って答えるしかない。

まだ三十分ある、と剣崎が時計を見た。

「三人とも休んでろ。時間になったら起こしてやる」

夏美は自分のベッドに戻り、カーテンを閉めた。緊張で喉が渇《かわ》き、ペットボトルの水を飲んだが、他には何もできなかった。

2

十二時五十分、夏美は峠、鰐口と本館の大会議室へ向かった。会議室前の廊下の壁に沿って、パイプ椅子が並んでいる。そこに各班の班員が座っていた。

早いのお、と峠がつぶやくと、六人の間から笑いが漏れた。

早く座れ、立っていた宇頭が言った。

「質問はひとつだけだ。面接はすぐ終わる。その後は部屋に戻って、明日朝八時の合否発表を待て。脅すわけじゃないが、前回の研修では、面接に進んだ十人のうち、七人が落ちた。もっとも、今までとやり方が違うんで、どうなるか俺にもわからん」

大会議室の扉が中から開き、始める、と先頭に座っていた殿山に雅代が目をやった。座っている順に面接をするので、夏美は最後だ。

宇頭に続き、殿山が大会議室に入った。扉が閉まると、廊下が静かになった。

3

五人目の風間が一礼して大会議室を出ていくと、小休憩だ、と村田が時計を見た。面接が始まって、三十分が経っていた。

雅代は左右に目を向けた。宇頭、大久保、そして金井がしきりに首を捻っている。司令長、と雅代は声をかけた。

「設問について、わたしたちも話し合っています。ただ、意図がわからなくて……」

適性の確認だ、と仏頂面で村田が答えた。

「難しい質問をしてるわりじゃない。それぞれが信念に従って答えればいいだけだ」

ですが、と大久保が言った。

「正解があると言ってましたよね？　あれはどういう意味です？」

柳に聞け、と村田が顎をしゃくった。

「正解を渡してある……見たか？」

いいえ、と雅代は首を振った。面接が始まる前、折り畳んだ紙片をポケットの底に収めたまま、大会議室に入った。

村田の回答を見れば、顔に出る。それでは公平と言えない。

ここまで、母親を助けると答えた者が一人、恋人を助けると答えた者が一人、どちらも助けると答えた者が三人いた。三パターンに分かれるのは想定済みで、五人には納得できる論理があった。

消防士には原則がある。人命救助に際しては子供、高齢者、女性、男性の順と決まっている。研修生の母親の多くは六十歳以上で、高齢者に区分できる。優先順位は二番目だから、母親を助けると答えるしかない。

ただし、身内を最後に回すのも消防士のルールだ。母親とは血縁関係があるが、恋人は違う。そのため、恋人の方が優先順位は上になる。

二人とも助けると答えた者が多いのは、それが消防士の理想だからだ。どちらかを捨てる、とは言いにくいだろう。

だが、一人しか救えないと条件がついている。具体的な救出方法を示す必要があるが、村田の問いに正面から答えた者はいなかった。

やむを得ない、と雅代は小さく首を振った。極端な状況設定、そして仮定の質問に対し、整合性のある解答ができる者はいない。

あと三十分で終わる、と村田が肩の骨を鳴らした。

「合否は俺が決める。三カ月間、ご苦労だった……再開しよう」

立ち上がった宇頭が扉を開いた。入ってきた岸野が頭を下げた。

4

大会議室から退出した者は部屋へ戻った。残ったのは夏美たち三人だけだ。

失敗したのう、と峠がぼやいた。

「トップバッターが嫌で、わざと遅く行ったが、何ちゅうか、ケツがこそばゆい。こんなんじゃったら、早う来てさっさと終わらせりゃよかった」

今日で終わりですね、と鰐口が微笑を浮かべた。

「消防士という仕事に向き合い、考え続ける毎日でした。お世話になりました」

センチなことを言うなや、と峠が鰐口の肩を叩いた。

「合格しようが落ちようが、消防士であることは変わらん。何があるかわからんのが世の中じゃ。助けてもらうこともあるじゃろ。そん時はよろしゅう頼むわ」

何かあれば飛んでいきます、と夏美はうなずいた。照れ笑いを浮かべた峠が天井に目をやった。

扉が開き、峠、と宇頭が名前を呼んだ。

「入れ」

ほんじゃあな、と手を振った峠が大会議室に入った。夏美は鰐口と顔を見合わせ、小さくため息をついた。

5

一礼した峠が背筋を伸ばして座った。緊張しなくていい、と雅代は声をかけた。

「質問はわかってるわね？　あなたの答えは？」

オフクロっちゅうことになるでしょう、と峠が頭をがりがりと掻いた。

「わしのオフクロは六十四歳で、そない元気とは言えません。恋人ゆうたら、二十代か三十代やと思いますが、いきなり溺《おぼ》れはせんでしょう。まずオフクロを助けて、恋人んことはそれからどうにかします。まあ、わしには付き合うちょるもんがおらんので、リアルに考えられんちゅうか……」

お前の個人的な事情は関係ない、と村田が口を開いた。

「仮定の設問だ。それをわかった上での答えだな？」

高齢者を優先するんが筋でしょう、と峠が言った。

「そこは消防の常識や思いますがの。弱者を取りこぼさんようにするのがわしらの仕事で、例外を作ったら後はぐずぐずになるんと違いますか？」

七十過ぎの女性と三十歳前後の女性、と村田がうなずいた。

「荒れる海の前では、誰でも無力だ。状況を考えれば、それほど変わらない。それでも母親を優先するべきだと？」

言うたらきりがないでしょう、と峠が口を尖らせた。

「荒れた海に落ちたら、オリンピックの水泳選手でも何もできやせんですよ。わしゃ、漁師の息子じゃけえ、海の怖さはよう知っちょります。ほいじゃからこそ、順番は守らにゃいけんですよ。オフクロも恋人も身内じゃ言うて、どっちを選ぶわけにもいかんですよ。ほしたら、年齢で考えるしかないでしょう」

怒るな、と村田が苦笑した。

「原則は原則だが、二人は救えないという設定だ。その上で解答を求めている」

設定ゆうたら何でもありになります、と峠がうなずいた。

「現実にはそんなこと起きんでしょう。ほいでも、答えにゃならんちゅうなら、原則に従うしかないと思いますがの」

ご苦労だった、と村田が手を振った。

「戻っていい」

ありがとうございました、と峠が頭を下げ、大会議室を後にした。

本人は大真面目なんでしょうけど、と金井が頭を掻いた。

「何というか……面白い男ですよ。ぼくなら残しますね。消防にはムードメーカーも必要です」

お前だけで十分だ、と村田が首の付け根を揉《も》んだ。面接では面接官の方が疲労度が高い。

後二人、と雅代は眼鏡を外し、眉間を指で押した。

6

「失礼します」

入ってきた鰐口が頭を下げた。座れ、と宇頭が椅子を指した。

「余計なことは聞かない。質問に対する答えは？」

恋人を救います、と鰐口が小声で言った。

「二人とも救うと答えるべきだと思いますが、両方は救えない設定です。ぼくは結婚して二年、授《さず》かり婚だったので、娘は二歳です。産まれてわかりましたが、娘のためなら何でもできます。母もぼくと同じでしょう。恋人……ぼくの場合は妻ですが、ぼくたちのことを考え、母は伸ばした手を引くと信じます」

「そうか」

「娘を母親のいない子供にしたくありません。どちらかを選べという問いには、恋人の手を摑むと答えます」

設問の解釈を誤解している者が多い、と大久保が肩をすくめた。

「もっとも、設問自体が無茶なんだが……リアルな感情で答えろと言ってるわけじゃないんだ」

いえ、と鰐口が首を振った。

「この設問には、個人的な感情が入らざるを得ません。記号的に母親と恋人、とはいきません。現実が反映されるのは当然だと考えます」

雅代は隣に目をやった。腕組みをしたまま、村田が鰐口を見ていた。

「後悔しない？」

雅代の問いに、するでしょう、と鰐口がうなずいた。

「ですが、消防士は選択を迫られる仕事です。判断を誤ったことはない、と胸を張れる者はいないと思います。悔いを教訓にする、と決めています」

人の命にかかわる仕事だ、と村田が言った。

「悔いのない消防士などいない。耐えられずに去る者も多い……もういいぞ、戻れ」

鰐口が出ていった。何かあったんですかね、と宇頭が扉を見つめた。

「ずいぶん深刻な様子でしたが……」

誰だって臑《すね》に傷はある、と村田が横を向いた。

「次で最後だな？　入れろ」

立ち上がった宇頭が大会議室の扉を開けた。夏美が立っていた。

7

座れ、と命じた宇頭が、お前で最後だと言った。

「緊張するな。質問の答えは？」

何もしません、と夏美が答えた。雅代はその顔を見つめた。

何を言ってる、と宇頭が耳の後ろを掻いた。

「母親か恋人、どちらに手を伸ばすかと聞いているんだ」

どちらも選びません、と夏美が静かな声で言った。

「その必要がないからです」

「設問について、改めて説明した方がいいか？　お前は母親と恋人とボートに乗っていて――」

ボートには乗りません、と夏美が肩をすくめた。

「荒れた海にボートで漕ぎ出すような無謀《むぼう》な真似を、わたしはしません。海に出なければ、母親も恋人もボートから落ちません」

「ここは大学か？　理屈や論理の話はしていない。消防士としてどちらを選ぶか聞いている。質問に答えろ」

答えました、と夏美が正面から村田を見つめた。

「消防士の仕事は炎を消し、人命を救うこと……世間の常識はそうでしょう。ですが、それは間違っています」

他に何がある、と唸り声を上げた村田に、危険を防ぐことです、と夏美が答えた。

「人為的な原因による火災は確実に防げます。出火原因の上位五つは、煙草《たばこ》の火の不始末、放火、ガスコンロの消し忘れ、ストーブの過熱、コンセント等の故障で、放火はともかく、いずれも不注意によるものです」

御説《おせつ》を拝聴《はいちょう》しよう、と村田が足を組んだ。

「経験三年の素人が屁理屈をこねている。ご意見を伺《うかが》って、今後の参考にしたい」

司令長、と雅代は村田を睨んだ。

「皮肉が過ぎます。神谷にプレッシャーを与えるんですか？」

プレッシャーにはなりません、と夏美が言った。

「村田司令長の設問こそ屁理屈です。わたしは合理的な解答をしています」

火災は人命を奪います、と夏美が話を続けた。

「千人の消防士でも敵《かな》わない大火災も起きますし、戦えば必ず犠牲が出ます。わたしは一人も死なせたくありません。危険を防ぐのが消防士の使命で、母親と恋人とボートに乗るなら、その前に天気予報をチェックします。リスクがあるとわかっていて、海に出るのはただの馬鹿です」

天候が急変することもある、と村田が怒鳴った。

「お前は質問から逃げているだけだ」

予測はできます、と夏美が言った。

「危険だと判断したら、海に出なければいい。それだけです」

ギンイチは大震災その他大災害を想定して設置されている、と村田が言った。

「お前は地震を予知できるのか?」

どんな大地震でも、それが理由で人は死にません、と夏美が答えた。

「火災、建物の倒壊、津波などが直接の原因となります。地震は防げませんが、あらゆる被害は防げます。そんな簡単なこともわからないんですか?」

もういい、と雅代は扉を指さした。頭を下げた夏美が大会議室を後にすると、何だあの態度は、と村田が吐き捨てた。

「消防は組織で動く。神谷にはそれがわかっていない。意見を言うのは勝手だが、常識と礼儀は必要だ」

「そのまま司令長にお返しします」

雅代が苦笑すると、無言で村田が扉を開け、廊下に出た。壁を蹴る音がした。

三人の視線が雅代に向き、柳さん、と宇頭が口を開いた。

「設問の正解ですが……」

雅代は制服のポケットから紙片を取り出し、長机に置いた。

「見る前に、ひとつだけ聞かせて。あなたたちならどう答えた？」

ざっくり言えば、と宇頭が口をすぼめた。

「消防は消火、人命救助のためにあります。どんな状況でも、誰一人取りこぼすことなく命を守るのが消防士です。そして、消防士は命を選別しません。設問に対しては、母親も恋人も救うと答えます。しかし、具体的にどうするかまでは……」

同じです、と大久保と金井がうなずいた。自分に呆れている、と雅代は言った。

「神谷は何も考えず、迷うこともなく答えを出した。わたしは何年もかけて辿り着いたのに……」

「そこに、何と書いてあるんですか？」

雅代は紙片を開いた。消防士の本分は、と宇頭が読み上げた。

『事故や火災を未然に防ぐことにある。危険が予想される状況で海にボートを漕ぎ出す？　馬鹿を止めるのが俺たちの仕事だ』

雅代は資料をまとめて席を立った。三人は無言だった。

エピローグ

四月二十六日朝八時十分、本館警防部の自席で顔を上げた雅代に、夏美はスマホの画面を向けた。

「神谷夏美、研修合格を認む。辞退する場合は二十六日午前中に申し出ること……そう書いてあります」

今回の合格者は八人だった、と雅代が言った。

「全員に同じメールを送っている。研修に合格したけど、ギンイチでの勤務は厳しいと考えた者がひとりいた」

「はい」

「神谷は？　辞退するつもり？」

合格した理由がわかりません、と夏美は首を振った。

「全国すべての消防士の中でも、わたしの体力レベルは最低レベルです」

「そうね」

「ギンイチでの訓練に耐えられるとは思えません……村田司令長はわたしの父の死に責任を感じ

てますよね？　だからわたしを残したのでは？」

　神谷正監の死を司令長がどれだけ悔やんでいるか想像もつかない、と雅代がうなずいた。

「二度辞表を提出し、大沢署長に説得されて留《とど》まったけど、次はわからない。もし、あの時、自分の能力を過信しなければ、神谷正監は死なずに済んだ……自分にも部下にも厳しいのは、二度とあんなことがあってはならないと考えているから。でも、そんな理由であなたを合格させる人じゃない」

「ですが……」

「八王子にいれば、危険な現場に出場しなくて済む、と誰もがわかっている。総務省消防庁は女性消防士の増員を義務化しているけど、それならギンイチの事務職員にすればいい。だけど、村田司令長はあなたを消防士として採用した」

「なぜです？」

　あなたならギンイチの消防士が務まると確信したから、と雅代が言った。

「今後三十年以内に首都直下型大地震が起きる確率は七十パーセント、死者二万三千人、経済被害は一年で九十五兆円、二十年で七百三十一兆円に達する。それは東京壊滅を意味する。そんな事態を防ぐために、ギンイチは設立された」

　あらゆる災害を想定した訓練が課される、と雅代が話を続けた。

「研修での訓練は、まだ緩いぐらいよ。もっとハードになる。でも、最後の砦《とりで》となるわたしたちが諦めたら。数十万人が命を落とす。二次被害では桁がひとつ増える。いつか大震災が起きるだろうし、それは防げない。でも、東京が火の海と化しても、わたしたちは誰も死なせない。命さえあれば、必ずやり直せる。ギンイチはそのためにある」

「はい」

傲慢《ごうまん》な考えだった、と雅代が苦笑を浮かべた。

「東京を大震災が襲えば、大勢の人が死に、火災、倒壊による建物被害は二十万戸に及ぶ。その時消防は、ギンイチは何をするべきか、シミュレーションを繰り返してきた。それに意味がないとは言わないけど、予測できる災害には、もっと効果的な対策がある。炎を消すのではなく、火災そのものを防げばいい。完全不燃建材の開発、倒壊しない建物、避難場所の確保、食料の備蓄、病院の拡充、できることはいくらでもある」

「でも、ギンイチだけでは無理です。行政の力が必要で――」

消防の仕事じゃないし、そんなことできるはずがない、と雅代が肩をすくめた。

「わたしは諦めていた。でも、あなたは諦めていない……神谷になら未来を託せる」

「未来?」

雅代がキーボードに触れると、パソコンの画面が切り替わった。

「わたしは東京消防庁の全女性消防士をチェックしている。神谷夏美は全項目で最下位よ。だけど、村田司令長はあなたの可能性を信じた。わたしも同じ。わたしたちには救えない命を、あなたなら救える」

「わたしに……できると思いますか?」

断言できる、と雅代が夏美の肩を強く叩いた。

「村田司令長もそれをわかっている。だから、あなたを採用した」

「……自信がありません」

あなたは三日で辞めるとギンイチの誰もが思っていた、と雅代が苦笑を浮かべた。

「厳しい訓練に耐えられるはずがない、男性消防士の蔑視《べっし》を跳ね返すガッツはないと……でも、あなたは戦い続けた。杉本くんたちだけではなく、他の研修生も認めるようになった。消防に陰湿な苛《いじ》めは少ない。理由はわかるわね？　お互いを信じ合わなければ命を落とす仕事だからよ」

「はい」

最後の体力テストをクリアできたのは、あなた一人の力じゃない、と雅代が言った。

「全員が心の底からあなたを応援していた。それがなければ、途中で諦めていたはず。体力面で女性消防士が劣っているのは否めない。でも、消防士にとって体力はすべてじゃない。諦めない心、誰かを救う誓いに勝るものはない。あなたはそれを持っている。自信がない？　それは他の消防士への侮辱よ。忘れないで、あなたを信じている者がいる」

頭を下げ、夏美は警防部を出た。もし、自分にしか救えない命があるなら、ギンイチで働く意味はある。

『銀座二丁目、白松屋《しらまつや》百貨店屋上駐車場で車両火災発生。出場要請あり』

天井のスピーカーからブザー音とアナウンスが同時に流れ出した。気づくと、夏美は廊下を走っていた。

後書きと感謝

二〇二三年一月、文芸評論家の北上次郎《きたがみじろう》氏が亡くなられた。

四十五年ほど昔、私は都下国立《くにたち》市の書店で『本の雑誌』を見つけ、それから今日に至るまで愛読している。

二〇〇二年に作家デビューした時、私には不遜《ふそん》な夢があった。『本の雑誌』で北上氏が私の小説を取り上げてくれないだろうか、と密《ひそ》かに願っていたのだ。

そんな大それた夢がかなうはずもないと諦《あきら》めていたが、四作目の『1985年の奇跡』（双葉文庫）というユーモア青春小説について北上氏が誉《ほ》めて（だと思う）下さった時の感動は今も忘れられない。

その後も北上氏は『本の雑誌』、新聞、ラジオ、雑誌でかなりの頻度で私の小説に触れていた。おそらくは十冊以上で、なぜ私ごときを贔屓《ひいき》するのか、と今もよくわからずにいる。

ただし、同じ思いを持つ作家が多いのは確かで、その辺りは本の雑誌社から出た『本の雑誌の目黒孝二《めぐろこうじ》・北上次郎・藤代三郎《ふじしろさぶろう》／本の雑誌編集部編』に詳しい。数百人、千人以上の作家が「書いていいいんだよ」と北上氏に背中を押され、励まされてきた。私もその一人だ。

いつか北上氏に文庫の解説を書いてほしいと思っていたが、断られたらどうしようと逡巡《しゅんじゅん》しているうちに、気づけば一年以上が経《た》っていた。

二〇一八年に消防士神谷夏美《かみやなつみ》シリーズ第一作『炎の塔《とう》』の文庫が出る時、ここでお願いしないとチャンスはないと思い、編集者に希望を伝えた。「書く書く」と返事があった時の私の喜びが伝わるだろうか。

『炎の塔』の解説は以下のように結ばれている。「え、三作で終わってしまうの？　それは殺生だ。少なくても五部作くらいは書いていただきたい」

その後、第二作『波濤《はとう》の城』の書評、そしてＹｏｕＴｕｂｅ北上ラジオでは第三作『命の砦《とりで》』が「北上次郎が選ぶ正真正銘２０２０年ベストテン」の第十位に選出された。エールだ、と勝手に思い込むことにした。

そうやって、北上氏は数多くの作家を助けてきたのだろう。感謝しかない。

作家として、何度も心が折れそうになった。「でも、北上さんが読んでくれるかもしれないもんな」と思い、それだけを頼りによたよたと歩いてきた。どれだけ救われたかわからない。

不出来な本作を北上次郎氏に捧《ささ》げる。ありがとうございました。

二〇二三年十月　　五十嵐貴久

注　本書はフィクションであり、登場する人物、および団体名は、実在するものといっさい関係ありません。月刊『小説ＮＯＮ』（祥伝社発行）二〇二二年三月号から二〇二三年一月号まで連載され、著者が刊行に際し、加筆、訂正した作品です。

――編集部

あなたにお願い

この本をお読みになって、どんな感想をお持ちでしょうか。次ページの「100字書評」を編集部までいただけたらありがたく存じます。個人名を識別できない形で処理したうえで、今後の企画の参考にさせていただくほか、作者に提供することがあります。

あなたの「100字書評」は新聞・雑誌などを通じて紹介させていただくことがあります。採用の場合は、特製図書カードを差し上げます。

次ページの原稿用紙（コピーしたものでもかまいません）に書評をお書きのうえ、このページを切り取り、左記へお送りください。祥伝社ホームページからも、書き込めます。

〒一〇一―八七〇一　東京都千代田区神田神保町三―三
祥伝社　文芸出版部　文芸編集　編集長　坂口芳和
電話〇三（三二六五）二〇八〇　https://www.shodensha.co.jp/bookreview/

◎本書の購買動機（新聞、雑誌名を記入するか、○をつけてください）

＿＿新聞・誌の広告を見て	＿＿新聞・誌の書評を見て	好きな作家だから	カバーに惹かれて	タイトルに惹かれて	知人のすすめで

◎最近、印象に残った作品や作家をお書きください

◎その他この本についてご意見がありましたらお書きください

切りとり線

100字書評

鋼の絆

住所

なまえ

年齢

職業

五十嵐 貴久（いがらしたかひさ）
1961年、東京都生まれ。成蹊大学文学部卒業。2002年『リカ』で第2回ホラーサスペンス大賞を受賞し、デビュー。警察小説から恋愛小説、青春小説まで幅広くエンターテインメント小説を手掛ける。他の著書に『For You』『リミット』『編集ガール！』『炎の塔』『波濤の城』『ウェディングプランナー』『愛してるって言えなくたって』『命の砦』（以上祥伝社）などがある。
鋼《はがね》の絆《きずな》　ギンイチ消防士《しょうぼうし》・神谷夏美《かみやなつみ》
令和五年十一月二十日　初版第一刷発行
著者　五十嵐貴久《いがらしたかひさ》
発行者　辻　浩明
発行所　祥伝社《しょうでんしゃ》
〒一〇一―八七〇一
東京都千代田区神田神保町三―三
電話　〇三―三二六五―二〇八一（販売）
〇三―三二六五―二〇八〇（編集）
〇三―三二六五―三六二二（業務）

印刷　錦明印刷
製本　ナショナル製本

Printed in Japan. © Takahisa Igarashi, 2023
ISBN978-4-396-63656-2　C0093
祥伝社のホームページ　www.shodensha.co.jp

祥伝社文庫

好評既刊

命の砦《とりで》

五十嵐貴久

聖夜の新宿駅地下街を焼き尽くす！
放火犯の〝計画〟とは？
女消防士・神谷夏美シリーズ第三弾

銀座第一《ギンイチ》消防署の消防士・神谷夏美に非常招集がかかった。新宿駅地下街が同時多発的に放火されたのだ。さらに、臨場直前、水との化学反応で爆発する物質の存在が判明、このままでは新宿駅が壊滅の危機に！　万策尽きた夏美たちは……。